寻找桃花源

中国重要农业遗产地之旅丛书

「那」乡「那」韵

苑利 ◎ 主编

赵飞 ◎ 著

北京出版集团公司

北京美术摄影出版社

图书在版编目（CIP）数据

"那"乡"那"韵 / 赵飞著. — 北京 ： 北京美术
摄影出版社，2020.10
（寻找桃花源 ： 中国重要农业遗产地之旅丛书 / 苑
利主编）
ISBN 978-7-5592-0361-8

Ⅰ. ①那… Ⅱ. ①赵… Ⅲ. ①故事—作品集—中国—
当代 Ⅳ. ①I247.81

中国版本图书馆CIP数据核字（2020）第092247号

总 策 划：李清霞
责任编辑：董维东
执行编辑：胡晶华
责任印制：彭军芳
责任校对：魏旭辉　刘孜慧

尚書堂·叫默
BOOK DESIGN
13261351222

寻找桃花源　中国重要农业遗产地之旅丛书

# "那"乡"那"韵
## "NA"XIANG "NA"YUN

苑　利　主编

赵　飞　著

出　版　北京出版集团公司
　　　　北京美术摄影出版社
地　址　北京北三环中路6号
邮　编　100120
网　址　www.bph.com.cn
总发行　北京出版集团公司
发　行　京版北美（北京）文化艺术传媒有限公司
经　销　新华书店
印　刷　天津联城印刷有限公司
版印次　2020年10月第1版第1次印刷
开　本　787毫米×1092毫米　1/16
印　张　18.75
字　数　270千字
书　号　ISBN 978-7-5592-0361-8
定　价　88.00元

如有印装质量问题，由本社负责调换
质量监督电话　010-58572393

中国农业历史学会推荐丛书

中国重要农业文化遗产专家委员会推荐丛书

全球重要农业文化遗产专家委员会推荐丛书

# 目 录
CONTENTS

如果有人问我，在浩瀚的书海中，哪部作品对我的影响最大，我的答案一定是《桃花源记》。但真正的桃花源又在哪里？没人说得清。但即使如此，每次下乡，每遇美景，我都会情不自禁地问自己，这里是否就是陶翁笔下的桃花源呢？说实话，桃花源真的与我如影随形了大半生。

　　说来应该是幸运，自从2005年我开始从事农业文化遗产研究后，深入乡野便成了我生命中的一部分。而各遗产地的美景——无论是红河的梯田、兴化的垛田、普洱的茶山，还是佳县的古枣园，无一不惊艳到我和同人。当然，令我们吃惊的不仅仅是这些地方的美景，也包括这些地方传奇的历史，奇特的风俗，还有那些不可思议的传统农耕智慧与经验。每每这时，我就特别想用笔把它们记录下来，让朋友告诉朋友，让大家告诉大家。

　　机会来了。2012年，中国著名农学家曹幸穗先生找到我，说即将上任的滕久明理事长，希望我能加入到中国农业历史学会这个团队中来，帮助学会做好农业文化遗产的宣传普及工作。而我想到的第一套方案，便是主编一套名唤"寻找桃花源：中国重要农业遗产地之旅丛书"的书，把中国的农业文化遗产介绍给更多的人，因为那个时候，了解农业文化遗产的人并不多。我把我的想法告诉了中国重要农业文化遗产保护工作的领路人李文华院士，没想到这件事得到了李院士的积极回应，只是他的助手闵庆文先生还是有些担心——"我正编一套丛书，我们会不会重复啊？"我笑了。我坚信文科生与理科生是生活在两个世界里的"动物"，让我们拿出一样的东西，恐怕比登天还难。

　　其实，这套丛书我已经构思许久。我想我主编的应该是这样一套书——拿到手，会让人爱不释手；读起来，会让人赏心悦目；掩卷后，会令人回味无穷。那么，怎样才能达到这个效果呢？按我的设计，这套丛书在体例上应该是典型的田野手记体。我要求我的每一位作者，都要以背包客的身份，深入乡间，走进田野，通过他们的所见、所闻、所感，把一个个湮没在岁月之下的历史人物钩沉出来，将一个个生动有趣的乡村生活片段记录下来，将一个个传统农耕生产知识书写下来。同时，为了尽可能地使读者如身临其境，增强代入感，突显田野手记体的特色，我要求作者们的叙述语言尽可能地接地气，保留当地农民的叙述方式，不避讳俗语和口头语的语言特色。当然，作为行家，我们还会要求作者们通过他们擅长的考证，从一个个看似貌不惊人的历史片段、农耕经验中，将一个个大大的道理挖掘出来。这时你也许会惊呼，那些脸上长满皱纹的农民老伯在田地里的一个什么随便的举动，居然会有那么高深的大道理……

有人也许会说，您说的农业文化遗产不就是面朝黄土背朝天的传统农耕生产方式吗？在机械化已经取代人力的今天，去保护那些落后的农业文化遗产到底意义何在？在这里我想明确地告诉大家，保护农业文化遗产，并不是保护"落后"，而是保护近万年来中国农民所创造并积累下来的各种优秀的农耕文明。挖掘、保护、传承、利用这些农业文化遗产，不仅可以使我们更加深入地了解我们祖先的农耕智慧与农耕经验，同时，还可以利用这些传统的智慧与经验，补现代农业之短，从而确保中国当代农业的可持续发展。这正是中国农业历史学会、中国重要农业文化遗产专家委员会极力推荐，北京出版集团倾情奉献出版这套丛书的真正原因。

苑 利

2018年7月1日于北京

序　言

　　作为"寻找桃花源：中国重要农业遗产地之旅丛书"中的一本，本书关注的对象是入选第三批中国重要农业文化遗产名单的广西隆安壮族"那文化"稻作文化系统。壮族，人口逾1600万，是目前中国人口数量最多的少数民族，以壮语为民族语言，主要分布于华南地区的广西壮族自治区。壮族是我国乃至世界上最早发明水稻人工栽培的民族之一。"那"是壮语，译成汉语便是水田、稻田，"那文化"便是壮族的稻作文化。

　　位于广西的西南部、右江下游两岸的隆安县，"那文化"底蕴深厚，被著名学者梁庭望先生赞为"壮族稻作文化最集中、最灿烂的展示地"。2013年，中国民间文艺家协会授予其"中国那文化之乡"称号，2015年成功入选第三批中国重要农业文化遗产名单。隆安丰厚的"那文化"遗产，主要体现在以下方面：世界最早的人类利用野生稻资源的证据——1.6万年前水稻植硅体发现于娅怀洞遗址；隆安县是桂南大石铲分布的中心区域，而大石铲的出现，被看成是广西稻作农业发展的标志；隆安野生稻资源丰富多样，隆安是广西普通野生稻的遗传多样性中心地之一；以"那"命名的地名在隆安数量众多；隆安有古老和系统性的稻作起源传说；"那文化"相关民俗节庆众多且富有壮族特色，其中以农具节和芒那节最具特色；大米食品种类多样，经过漫长岁月积累，已形成十几个系列100多种精美的大米食品，该农业文化遗产地所指地理范围，包含农业文化遗产系统中的各项要素，并以行政单位为边界，即隆安县域全境。

自2016年1月接受写作任务，笔者先是通过图书资料、网络数据库系统查阅了"那文化"相关文献。之后，为搜集写作素材，先后3次前往广西开展实地调研。2016年7月芒那节前后，先是前往南宁，在广西民族大学走访壮学研究学者，在广西壮族自治区图书馆搜集相关文献资料。后赶往隆安县，走访了隆安县文化新闻出版广电和体育局（以下简称"文体局"）、文学艺术界联合会等单位，在文体局人员的协助下，考察了乔建镇的博浪村、儒浩村、鹭鸶村、大龙潭遗址、娅怀洞考古现场、稻神山，在博浪村、儒浩村实地观摩了芒那节。此外，还考察了城厢镇的惠迪公祠、那城，那桐镇野生稻基地及雁江镇区。2017年广西法定节日三月三前后，笔者第二次前往隆安。此行实地考察了南圩镇的南圩亥日、南圩镇与布泉乡交界处的更望湖歌圩、布泉乡稻田景观、雁江镇那朗古村，前往乔建镇的博浪村、儒浩村以及雁江古镇开展补充调研，并在县城补充搜集相关地方文献。2017年5月四月八农具节前后，笔者第三次赴隆安考察，宿于那桐镇上邓村，观摩了非遗项目那桐农具节，考察了城厢镇的国泰社区稻草龙基地、那城、隆安中学、独秀峰，乔建镇的金榜山、岜对山以及古潭乡的马村等地。

　　利用3次调研的素材积累，辅以阅读相关文献获得的信息，历时两年笔者完成了本书的写作。尽管笔者期望通过自己的观察与体验，用笔下的若干故事将隆安丰厚的"那文化"遗产展现给读者，但由于个人学识有限，拙作必然存在不足与错漏，希望专家和读者给予批评指正！

赵　飞

2019年3月5日于华南农业大学

Agricultural
Heritage

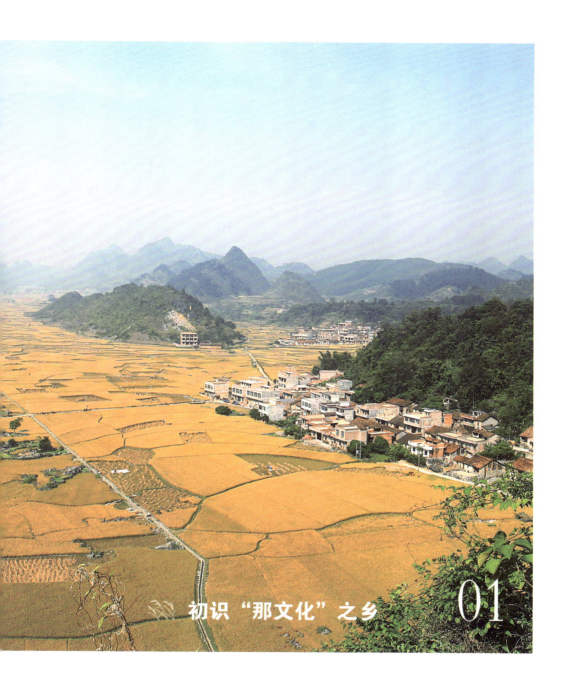

初识"那文化"之乡　01

"那"是壮语，译成汉语便是水田、稻田。著名壮学学者、《壮族稻作农业史》的作者覃乃昌先生曾形象而简略地将"那文化"概括为"据那而作、依那而居、赖那而食、凭那而乐"，即以"那"为本的壮族传统生产和生活模式……

## 一、"那文化"之乡

相传古时候，稻谷只需要种一次，便可长期收割，因为收割过的稻谷能反复生长。有一对恩爱夫妻，结婚后很少分离。一天，妻子要回娘家给老父祝寿，来回需要半个月的时间，而当时正值收割季节，丈夫又刚好外出，妻子担心自己走后，无人收割稻谷，于是决定用半天时间把自家的稻谷收割完再走。

第二天，鸡刚打第三次鸣，她便起床迎着月光到田里收割去了。她割呀割呀，割了一大半，回头一看，刚割过的地方又齐刷刷地长出了金闪闪的稻谷，于是她回头再割。如此反复几次，忙得她大汗淋漓，但始终割不完田里的稻谷。她本想上午割完稻谷，下午就回娘家，可稻谷割了又长，割来割去老是割不完，这可叫她发愁了。她想，要是不去给老父祝寿，人家定会说她不孝顺父母，去嘛，田里的稻谷又收不完，真是左右为难。她越想越心烦，就难过地流下了眼泪，随之就咒骂起再生的稻谷来。

主管稻谷之神听到她的哭声和骂声后，便下令：凡人种下的稻谷只能成熟一次，收割后不能再生。从此以后，收割过的稻谷再也不会复生了。

在广西壮族自治区，自古流传着这样一个"再生稻谷"的传说。在这里，水稻已经不是简单的粮食作物，它充满了传奇性。故事中，水稻来自稻神的馈赠，可以复生，可以行走，曾大如柚子，收成不好是因为田鬼作祟让它丢了魂魄，获得丰收需要稻神的庇佑。这里是中国重要农业遗产地、"中国那文化之乡"——广西隆安县，此书要关注的农业文化遗产正是隆安壮族"那文化"稻作文化系统。

那桐农具节上的"稻神舞"（何宏生摄）

　　"那"是壮语，译成汉语便是水田、稻田。著名壮学学者、《壮族稻作农业史》的作者覃乃昌先生曾形象而简略地将"那文化"概括为"据那而作、依那而居、赖那而食、凭那而乐"，即以"那"为本的壮族传统生产和生活模式。隆安县为南宁市代管县，位于广西的西南部、右江下游两岸，自古就是壮族聚居区，现有人口40余万，其中壮族人口占全县总人口的96%。

民国《隆安县志》、1935年田曙岚所著的《广西旅行记》等文献称，隆安县汉族人口占总人口的90%以上，瑶、壮民族甚少。缘何出现如此矛盾的记述？我想主要有三点原因：第一，民国及以前，国家没有明确的民族识别政策。第二，壮族人生活习俗发生了改变，与汉族差异减小。如清顺治年间进士闵叙督学广西期间所撰的《粤述》就有载："瑶壮各郡山谷处处有之，熟者耕田纳赋与汉人同。"第三，官府为巩固统治，也注重通过"民族同化"政策逐步把少数民族纳入汉族的范畴。

说起隆安县的设立，还与一位大人物关系密切，他便是明代思想家、军事家、心学集大成者王守仁。明嘉靖七年（1528），隆安县的地界还属宣化县思龙乡那久村（另有文献记载为"那九村"），王守仁平定田州卢苏、王受叛乱路过此地，"度其土"，认为应当"置县"。后得到皇帝批准，将宣化和武缘两县各一部分地方析分置县，赐名"隆安"，寓"兴隆发达、长治久安"之意。

## 二、结缘隆安

我因何参与"寻找桃花源：中国重要农业遗产地之旅丛书"的编写？因何与隆安"那文化"结缘？可以归结为一个"缘"字的两份情愫，即"学缘""情缘"。

2015年12月中旬，同单位的倪根金教授给我转发了一封邮件，内容是关于该丛书征集作者事宜，他嘱咐我如感兴趣可以报名。当时，我已经介入农业文化遗产研究有几年时光，写了一些小文章，并计划将其作为未来学术研究的一个主导方向。看到这封邮件，自然十分欣喜。在倪根金教授的办公室，他让我在尚没有作者认领的中国重要农业文化遗产名单中进行选择。我仔细筛选，很快便确定了一个中意的遗产地，这就

乔建镇博浪村芒那节的稻神祭仪式（何宏生摄）

更望湖歌圩（何宏生摄）

是广西隆安县。

说来我与隆安、与壮族还有些渊源。夫人便是壮族人，故乡又与隆安相近，伴夫人回乡之时常听人提及此地，心里自然对其多了一分亲近与认同。再者，虽然这些年我研究农业文化遗产，但基本以广东省为主，偏偏在广东申遗还未得到足够重视，仅有一处潮州凤凰单丛茶入选，也有作者认领了。

选定隆安之后，任务顺利"认领"。接任务之初，心里并不轻松。因我对稻作文化、对壮族、对隆安只有一腔热忱，与之相关的知识却知之甚少。为了不至于"忽悠人"，2016年上半年我从多个途径进行资料准备工作，此外，还通过组织大学生科技创新项目，把几位学生拉入调研队伍。通过翻阅资料我发现，隆安这个遗产地似乎在稻作栽培历史和传统技术方面缺少"亮点"，但相关农事节庆较多，宣传力度也大，其中尤以农历六月初六"稻神祭"为最。刚好，这个节庆又在暑假之初，于是我便将首次的调研定在这个时间段。6月下旬，我就开始着手调研的准备工作。

对我而言，在隆安人生地不熟，如何与当地相关部门取得联系，展开有效沟通呢？为此，我做了以下几个方面的准备。首先便是邀请倪根金教授同往调研，他是中国农业历史学会副理事长，在学术界颇有声望，在南宁亦有不少学术界的朋友。倪老师一如既往地给予支持，同时建议我给有关部门发调研公函，以便开展调研。此外，他还联系了老朋友——广西民族大学民族学与社会学学院院长王柏中。有倪老师的"领头"，我心里踏实了不少。同时，我还邀请同事朱嫦巧博士前去指导，她是人类学专业出身，田野调查经验丰富，被我的"花言巧语"打动，也就同意了。大学生科技创新项目第一指导老师、学校公共基础课实验教学中心黄频英书记是倪老师的夫人，也一同前往。这样，隆安"那文

那桐农具节三界神巡游（何宏生摄）

化"的调研之旅便得以顺利开启。

## 三、民族大学

2016年7月6日，我们驾车前往南宁。下午3点多，我们抵达了位于相思湖畔的广西民族大学。校园很漂亮，树木栽植紧凑，树种多样，大多数建筑色彩艳丽，颇具民族特色。我不擅长华丽的辞藻，当时只能用一句"真是民族大学"来表达自己的惊喜。在校园辗转流连几次，我们来到民族学与社会学学院。王柏中教授已经在此等候，寒暄一番之后，他便带领我们去拜会了该院壮学的学科带头人、博士生导师李富强研究员。李老师很热情地接待了我们，他曾多次前往隆安调研和参加研讨会，十分坦诚地提供了很多宝贵信息。座谈期间，我接到了隆安县政府相关部门人员的电话，对方告知，隆安县文体局负责接待我们，并为我介绍了文体局党组书记黄连芳（后文均称黄书记）。挂掉电话，我心里踏实不少，看来此次隆安调研不至于"盲人摸象"了。

一个多钟头的座谈后，李富强研究员陪同我们参观了广西民族大学民族博物馆。博物馆展览涉及壮族、侗族、瑶族、苗族、京族等多个民族，内容丰富，形式也较为多样，有图文、实物、多媒体等。图文部分，我特别细看了有关壮族的介绍，一段文字让我印象深刻："壮族主要从事农业生产，稻作农业有悠久的历史，其先民是最早种植水稻的民族之一。"实物则是以传统的服饰、农具、生活器具、乐器为主。展览尾端，摆放了不少广西民族大学专家们的民族研究著作。

## 四、"那文化"展示厅

我们第二天下午5点抵达了目的地——隆安。隆安县目前尚为国家级贫困县，县城并不大，即便是主干道蝶城路的两侧，也没有几栋高楼，路上载人的三轮摩托车挺多。初见"蝶城"二字，一幅春暖花开蝶纷飞的画面就映入了我的脑海。中国的城市多有别称，如花城、春城、榕城、蓉城、山城、泉城、瓷都等，但大多别称似乎局限于静态景观，不似"蝶城"般给人一种灵动的感觉。后来得知，因隆安县城古城垣形似蝴蝶，故有"蝶城"之称。不知是否与蝴蝶有关，傍城而过的一江两岸散落分布着24个自然村落，每个村落都冠以"花"名，俗称"二十四花"。"蝶城"这一别称很有特色，也很有韵味。

根据车载导航仪的路线指引，未费多大工夫便找到了位于蝶城广场西南侧的文体局。此时，已经有一位身材中等、衣着干练的女干部在门口迎候我们。这位女干部便是本书中经常提起的全力协助调研工作，同时也是我特别敬重的文体局的黄书记。

准备调研之时，考虑到农业文化遗产工作归口农业局，再加上搜集资料的需要，我准备写调研公函时，想到了档案局、博物馆、图书馆等一干单位，一直都没想到文体局，因而即便抵达了文体局，我心中还尚存疑惑。经局领导介绍，县政府收到学校发出的公函，考虑到该农业文化遗产的申报及前期资料准备工作多为文体局出力，便安排该局接待我们。互相认识后，文体局领导便安排大家来到会议室，以便做进一步的交流。落座之后，一开始双方还略显拘束，我们交代了此行的目的之后，很快就进入了正题。看得出，文体局的领导均是实干型，对我们需要了解的农业文化遗产事项了如指掌。

座谈完毕，文体局领导带我们到了位于文体局一楼的"那文化"展示厅。这个展示厅可谓倾注了文体局人员的大量心血。2014年3月，文体局开始多途径征集展品，次年5月开始建设布置展示厅，9月撰写讲解词，后于2016年8月23日通过验收。展示厅占地约有200平方米，虽然空间有限，展品却不少，甚至显得有些"拥挤"。主要展示以"那文化"为主题的内容，图文并茂、资料翔实，展品（表1）以农具、生活器具、出土石铲为主，也有少量的书籍、祭祀用具，系统展示了隆安"那文化"的深邃内涵。短时间内，尤其是在人力、财力有限的情况下，能做出这种较高水平的展览，着实让人钦佩。迄今，隆安县尚未建设博物馆，我想这个展示厅必然是未来隆安县博物馆建设历史上的肇始点，是隆安县文化事业发展历史上浓墨重彩的一笔。

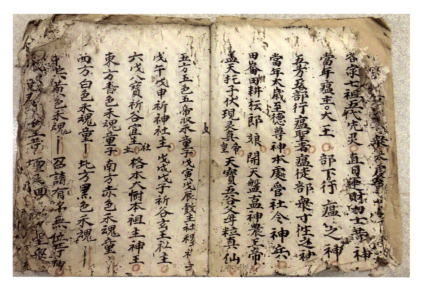

清代师公经书中的"招稻魂"内容（聂瑞摄）

表1 "那文化"展示厅搜集的稻作相关实物展品一览表

| 名称 | 说明 |
| --- | --- |
| 水碾盘 | 水磨坊碾米的用具 |
| 滚田器 | 插秧前在水田里滚碎泥块的农具 |
| 耙 | 用牛拉动，用于破碎土块、清除杂物、平整田地等 |
| 牛轭 | 牛拉犁耙田地时架在牛脖子上的部件 |
| 牛嘴罩 | 防牛吃庄稼的用具 |
| 犁 | 用牛拉动，用于耕田翻土的用具 |
| 木戽斗 | 从近处汲水灌溉的农具 |
| 鱼筌 | 安放在水流处捕鱼的用具 |
| 稻草墩 | 冬天用的坐垫 |
| 米桶 | 盛粮食等物品的用具 |

续表

| 名称 | 说明 |
|---|---|
| 蒸桶 | 放在锅上蒸各种食品的用具 |
| 蒸盘 | 装米浆后放入蒸笼蒸熟米粉的用具 |
| 泥箕 | 装泥沙肥料等的用具 |
| 榨粉架 | 将米团榨成条状米粉的用具 |
| 米筒 | 量白米等食料的用具 |
| 木杵 | 在石臼里脱粒稻谷或捣碎食料的用具 |
| 手榨器 | 制作榨粉的用具 |
| 木箕 | 收拢粮食等的用具 |
| 斗 | 量度粮食的器具 |
| 风谷机 | 手摇产生风力用来清除谷壳、米糠等的用具 |
| 打谷架 | 收割水稻等作物后脱粒用的架子 |
| 箪 | 外出时装饭粥等食物的器具 |
| 捕鸟箕 | 旧时村人诱捕小鸟的用具 |
| 大眼筛 | 筛除稻草等较大杂质或晾晒东西的用具 |
| 米箩 | 盛谷物等的器具 |
| 饼模 | 制作面饼、米饼等的模具 |
| 谷囤 | 用于储藏谷物、玉米等的用具 |
| 自动灌溉工程/水碾 | 用于灌溉 |
| 师公经书 | 部分内容涉及求雨、稻神祭、祈求丰收等 |
| 师公面具 | 师公做法事时佩戴 |
| 稻草龙 | 稻草编制而成，城厢镇国泰社区制作，稻神祭等活动使用 |

注：以上展品为隆安县"那文化"展示厅搜集，统计时间为2017年7月。

Agricultural
Heritage

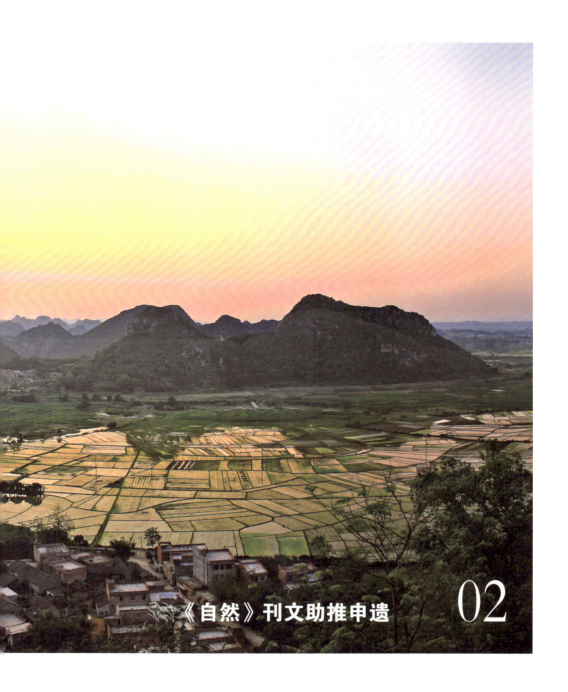

# 《自然》刊文助推申遗

02

国内学术界普遍认为，中国是世界上最早发现野生稻并将其驯化为人工栽培稻的国家，水稻栽培有着上万年的悠久历史。如刘芝凤2013年在其专著《中国稻作文化概论》中，比较历史文献与学者观点后提出，我国最早的栽培稻发源于百越地区……

# 一、《自然》刊文

水稻作为一种重要的粮食作物，其起源问题一直众说纷纭，不断有人文（如历史、考古、语言等学科）学者和生物学者提出不同见解。起初印度起源说占据优势，后来中国起源说慢慢占据上风。迄今，国内学术界普遍认为，中国是世界上最早发现野生稻并将其驯化为人工栽培稻的国家，水稻栽培有着上万年的悠久历史。如刘芝凤2013年在其专著《中国稻作文化概论》中，比较历史文献与学者观点后提出，我国最早的栽培稻发源于百越地区，百越先人最早学会驯化野生稻，开创了人工栽培稻历史先河。

虽然百越地区是栽培稻的起源地在国内无太大异议，但也有华南说、长江流域说之争论。农业科学家、中国现代稻作科学主要奠基人丁颖院士早在1949年就撰文提出：中国稻作最古，远早于印度，中国稻作发祥地为华南。中央民族大学原副校长梁庭望先生、广西民族大学覃乃昌先生等均赞同水稻起源华南说，他们认为壮族是我国乃至世界上最早发明水稻人工栽培的民族之一，这种观点也被称为稻作起源的"那学说"。但支撑华南起源一说的证据链条尚有缺憾，当前尚存历史文献记载少、考古发现支撑不足等问题。对比来讲，这恰恰是长江流域起源说的优势所在。但无论如何，恰如考古学家严文明先生所言："因为考古发现常常要受到遗址保存情况和工作开展的程度的制约，不能因为某地现时尚未发现较早的遗存，就断定那里本来就不曾有过早期的东西。"历史文献记载自然也是如此情形，我想自然科学的相关研究也许更为可靠。

2012年10月，中国科学院上海生命科学研究院副院长、中国科学院院士韩斌的课题组在国际顶级学术刊物《自然》第490卷发表论文《水稻全基因组遗传变异图谱的构建及驯化起源》（*A Map of Rice Genome Variation Reveals the Origin of Cultivated Rice*）。该研究根据栽培稻和各地野生稻的基因比较，大致推断出：人类祖先首先在广西的珠江流域，利用当地的野生稻种，经过漫长的人工选择，驯化出了粳稻，随后往北逐渐扩散；而往南扩散中的一支进入了东南亚，在当地与野生稻种杂交，经历了第二次驯化，产生了籼稻。在2013年9月5日召开的"2013年中国·隆安'那文化'民俗座谈会"上，韩斌院士的助手、《自然》刊文的执笔者黄学辉博士又一次重述了这一成果。这一重大成果无疑为水稻华南起源说提供了强有力的证据。

## 二、文化亮点

根据《广西日报》的报道，自治区政协原主席、广西大学分子遗传学教授、韩斌院士的硕士生导师马庆生获知这一成果后认为，"这是一个具有里程碑意义的研究成果"，该成果不仅有力地推动了水稻栽培及繁育相关研究，也为探寻壮族先人对世界文明做出的贡献拓展了新的空间。他致信时任自治区主席的马飚，希望能够推进广西稻作文化的进一步研究。这一研究成果对广西而言自然是一个很大的利好。2013年1月30日，自治区副主席陈章良召开有关部门领导和专家座谈会，听取专家们对于栽培稻起源和稻作文化研究的意见。他指出，要成立多个课题组，找出充足的证据，将水稻起源于广西作为一个世界性的文化亮点来打造。2015年1月23日，自治区党委常委、自治区政府副主席唐仁健在南宁市副市长刘为民及自治区有关部门领导的陪同下前往隆安调研。他们考察了野生稻基地、稻神山等后提出，隆安是"那文化"集中展示的中心，应该加以打造。回去后，唐仁健副主席先后主持召开了3次专题会议,研究推进"那文化"挖掘利用有关工作,要求各级有关部门要高度重视"那文化"挖掘研究利用工作,提供足够的研究力量和支持。各级领导高度重视"那文化",对于隆安县"那文化"的发掘、整理和保护工作的进一步推进起到了关键性作用。

不过在我这个稻作起源问题的门外汉看来,国内的栽培稻起源地之争还远未到盖棺定论的时候。2016年11月9日,在江西万年县召开的"中国稻作起源地学术研讨会"上,来自各方面的专家共同签署"万年宣言",郑重宣示确认了江西万年县"仙人洞、吊桶环遗址"为世界稻作文化起源地。我想这份宣言对于坚定支持华南起源说或"那学说"的人们来讲,不啻为一封挑衅味道颇重的"战书"。

隆安"那文化"的学术研究与品牌打造,在自治区领导重视之前已有大量积累。实地调研中,我从隆安县文体局及广西骆越文化研究会分别获取了《隆安县打造"那文化"品牌纪实》《隆安稻作文化品牌打造大事记》(2016年7月9日,广西骆越文化研究会副会长兼秘书长谢中国先生提供)等材料。通过梳理,我对隆安的"那文化"研究与品牌建设的历程有了清晰的认识。这里需要提及本书中第二个时常出现的名字——雷英章。他现任隆安县社会科学界联合会副主席,之前曾任隆安县文体局副局长。他虽不善言辞,却著述甚多,是隆安历史文化研究的专家,因此我更愿意称呼其为"雷老师"。隆安县何时及为何开始重视"那文化"的发掘?在雷老师所写的《隆安县打造"那文化"品牌纪实》中有详细记录:

早在本(21)世纪初,隆安县委县政府就有意打造地方民族文化品牌,曾经邀请一些区内有关专家、学者前来调研,出谋划策。由于时间仓促,加上对隆安历史文化了解不深,有的提出依托龙虎山风景区打造"猴文化"，有的提出凭借正在崛起的"丁当鸡"品牌打造"鸡文化"，最后都因缺乏文化底蕴而搁浅。2008年春，时任县长欧波到县文体局调研，他问道：最能代表隆安历史文化的应为何物？当时的文体局局长农宜陟指着在文物所收藏的几件石器回答：当为大龙潭等地出土的大石铲。欧县长当即指示：邀请有关专家前来，对大石铲文化进行研究，挖掘其内涵，制作出隆安特有的历史文化名片。"那文化"品牌打造工作的大幕从此徐徐拉开。

## 三、品牌打造

为了推动"那文化"品牌建设，2008年5月，隆安县政府邀请广西骆越文化研究会的专家到隆安进行实地考察。考察过后，专家们提出，隆安是中国"那文化"的中心，应着力打造"那文化之都"的民族文化品牌。随后，隆安县正式启动了"那文化之都"民族文化品牌打造工程，成立了隆安县民族文化品牌打造工程领导小组，并委托相关专家开展对隆安"那文化"资源的普查和研究，以及"那文化"品牌的打造工作。经过半年多的考察与研究，2008年12月，广西骆越文化研究会、南宁市潮汐风文化传播有限责任公司共同编制完成了《隆安"那文化之都"品牌打造总体策划方案》，并于2009年5月23日通过专家评审。该方案提出，隆安应抓好"五个一""那文化"工程建设，即办好一个论坛（稻作文化论坛）、举办一个节庆（"那文化"节）、建造一个标志雕塑（"那文化之都"城市雕塑）、建设一个博览园（"那文化"博览园）、创作一台节目（"那文化"实景演出节目）。同时，该方案也对文化旅游项目的开发提出对策，认为应重点开发"两区三线"，即建设蝶城文化旅游区、大龙潭文化旅游区、渌水江文化旅游线路、骆越水文化旅游线路、右江文化旅游线路。

　　同时，隆安县也开始重点关注"那文化"的保护、传承。从2008年开始，相关部门认真对全县与"那文化"有关的民俗事项进行普查登记，申报非物质文化遗产保护名录，隆安四月八农具节、壮族芒那节、红良打铁技艺、南圩亥日等陆续被列入自治区级非物质文化遗产名录。2009年初，为保护隆安"那文化"品牌的知识产权，维护隆安"那文化"品牌的合法权益，隆安县政府向国家工商行政管理总局成功申请隆安县"那文化"注册商标。

　　为了进一步挖掘和整理"那文化"资源，隆安县邀请梁庭望先生及广西相关专家学者前来考察评估，进一步推动"那文化"的实物发掘与内涵研究。首先在"那文化"实物的发现方面，取得了重大进展。如：在丁当镇俭安村附近发现了新石器时代的贝丘遗址和大石铲时代的墓葬遗址；在乔建镇林科所附近发现了直立不落粒的野生稻；广西文物保护与考古研究所对大龙潭进行抢救性发掘，出土200多件大石铲；广西文物保护与考古研究所对娅怀洞的考古发掘。其次在学术积累方面也做了大量工作。2012年4月、2013年9月，隆安县先后两次邀请国内外稻作文化领域的专家召开"那文化"主题的座谈会，与会专家从多学科角度对隆安"那文化"的资源与地位进行了论证。同时，隆安县"那文化"研究爱好者也积极参与研究，文体局先后组织人员开展"那文化"专题调研，完成了《清末以来罗兴江流域水利利用情况考察报告》等多项极具价值的研究报告，雷英章所著的《壮族稻神祭研究》也于2014年出版。这些基础研究的工作，为后来的农业文化遗产申报打下了良好的学术基础。

　　2013年3月，隆安县委县政府决定向中国民间文艺家协会申报"中国那文化之乡"称号。参与评选工作的专家们认为，隆安县"那文化"

资源丰富、底蕴深厚，发现了大量的大石铲遗址，各种民俗流传至今，具有重要价值。2013年6月10日，中国民间文艺家协会正式授予隆安县"中国那文化之乡"荣誉称号。

"中国那文化之乡"授牌仪式（隆安县文体局供图）

## 四、农业文化遗产

有了对隆安县"那文化"的整理与进一步发掘，申报中国重要农业文化遗产也就水到渠成了。2015年，隆安县委托北京火德农业研究院汇总编制了相关材料，并于6月3日组织专家进行评审。2015年10月10日，国家农业部公布了23个传统农业系统为第三批中国重要农业文化遗产，广西隆安壮族"那文化"稻作文化系统入选，成为广西壮族自治区继广西龙胜龙脊梯田系统之后第二个入选的重要农业文化遗产。

　　根据遗产申报书，农业文化遗产地所指地理范围，包含农业文化遗产系统中的各项要素，并以行政单位为边界，即隆安县域全境。遗产地核心区分别位于：右江流域沿岸连安至博浪村为核心区域，内有稻神山遗址和大龙潭遗址；丁当河流域沿岸的更也区域，内有更也贝丘遗址；渌水江西大明山至博浪村区域；罗兴江布泉乡谷波湖到博浪村之间的区域。

　　"那"是伴随着稻作农业的生产而出现的，是稻作文明的产物和标志。而以"那"命名的一个个地名，则是把这一标志变成了一个个活化石。隆安作为壮族"那文化"的重要发源地，在这方面体现得尤为明显。隆安县1239个自然村中，有137个以"那"命名（表2），村一级的有那桐、那元、那重、那门、那朗、那湾、那可。为了形象地展示这一点，县文体局曾于2013年制作了一张隆安县"那"地名分布图。当人们看到隆安地图上面星点密布的"那地名"时，谁又能轻易否认隆安县在"那文化"圈中的独特历史地位呢？！

表2　隆安县以"那"命名的自然村

| 乡镇 | 自然村名 |
|---|---|
| 城厢镇 | 那凹、那旭、那直、那降、那可、那拉、那咘、那劳、那蔡、那棍、那卜、那渠、那敏、那究、那佑、那稳、那造、潭那、上局那、下局那、那蒌、那利、那汉、那休、那坭、那下、那陇、那渌、那发、那吞、那深、那官、那廖上、那廖下、那权、那落、那坝、那汪、那僚、那叫、那要、那桑、那料、那坡、那廊、那感、那偶、那梧、那排 |
| 南圩镇 | 那律、那棉、那洋上、那洋下、那坝、那郡、上那发、下那发、那棍、那料、那马、那律、那熬、那营、那桑、局那、那造、那湾、江那、那东、那乃、那内、那丹、那银 |
| 雁江镇 | 那坝、那瓜、那艾、那江、那太、垌那、伏那、那桃、那渌、那料、那棉、那牟、那朗、那棍、那潭、那旁、那班、那羊、那咘、那利、那罗、那贝 |

续表

| 乡镇 | 自然村名 |
|------|----------|
| 那桐镇 | 那桐、那官、那元、那摆、那重、那秾、那浓、那门、那略、那花 |
| 乔建镇 | 那羊、那干 |
| 古潭乡 | 那侬、那生 |
| 丁当镇 | 那潭、那元、那六、陇蒙那、那溪、那叫、那加、那好 |
| 都结乡 | 那堪、那排、那庄、那岜、那宁、那生、那敦、那洞、那市 |
| 布泉乡 | 邓那、那坛 |
| 屏山乡 | 那章、那板、那关、那宁、那当、那立、那钟、那料、福那 |

资料来源：隆安县文体局。

# 12 个太阳都不怕

相传远古时候，天上突然出现了12个太阳，没有日夜之分，大地草木干枯，人兽难忍。特康在请教了壮族始祖布洛陀之后，用秘法射日，成功射毙了10个太阳。剩下的两个太阳逃进了山洞，并打算"结婚"，再生育许多太阳。特康手持宝剑潜入了太阳洞，把其中的雄性太阳阉割了……

# 一、罗兴江

　　中国自古就有"后羿射日"的神话传说，在广西壮族民间，也有类似的一个故事——特康射日。特康，是壮族原生宗教师公教的奉祀之神。相传远古时候，天上突然出现了12个太阳，没有日夜之分，大地草木干枯，人兽难忍。特康在请教了壮族始祖布洛陀之后，用秘法射日，成功射毙了10个太阳。剩下的两个太阳逃进了山洞，并打算"结婚"，再生育许多太阳。特康手持宝剑潜入了太阳洞，把其中的雄性太阳阉割了。特康立下规定，两个太阳一个白天出现，一个晚上出现，被阉割的太阳最终成为晚上出现的月亮。因为特康的射日壮举，苦难中的黎民苍生才被拯救。

　　而偏偏有这么一个地方，声称"12个太阳都不怕"，这就是隆安县！水源是水稻生产的命脉，隆安县有右江、渌水江、罗兴江、丁当河等22条地表河和18条地下河，水资源非常丰富。民国《隆安县志》就记载了一个水资源丰富的典型村落——那桐镇那元村。在这里，"（水塘）广阔数顷，沿塘田亩，皆资灌溉"。即便是大旱水塘干枯时，"村民掘下一尺便可灌田一顷。再掘数尺，即可灌田数十百顷"。正是因为那元村"永不忧旱"，以至于"人皆奇之"。此外，勤劳智慧的隆安人民发挥聪明才智，兴建了大批水利基础设施。民国《隆安县

罗兴江养育一方人（何宏生摄）

志》记载："罗兴溪，源出多这村边，水从山洞涌出，能灌那鳌、罗兴、鹭鸶、都榄、儒浩、慕恭、博浪等村二十余里[1]田亩，田可两熟或三熟。"正因为如此，隆安县的一句谚语——"12个太阳都不怕"自古便在民间广为流传，意指隆安水源丰富，不愁灌溉，即便没有特康射日的壮举，也不会耽搁水田的耕作。

罗兴江上的引水坝（赵飞摄）

承载着壮族先民智慧的水利设施，同样是"那文化"的重要内容。我们初来隆安，文体局领导便带领颇为好奇的我们前往最具代表性的罗兴江一观。作为右江西岸接纳的河流之一，罗兴江江岸低缓，方便提水灌溉，是隆安县"灌溉效益最好的江河之一"。罗兴江有两条支流：一是大同河，全长11225米；二为古信河，全长8726米。

## 二、自动引水泵

隆安县中南部乔建镇的博浪村，地处罗兴江沿岸，是遗产地核心区域中的"核心"。在罗兴江博浪段，我们轻而易举地在江边找到了几处"自动引水泵"。仔细看过，大致可以清楚其中的原理。人们在罗兴江水流中建设水坝，约束水流，抬高水位，产生较大的水压，在一侧设置"引水泵"，"引水泵"下方用水管与地面上的水渠相连，这样依赖水压便可将清澈的罗兴江水"压迫"到更高位置的水渠之中。村里80多岁的老人说，这些水坝很古老了，在其少年时代就已经有了。当年这些水坝灌溉功能强大，两岸沟渠纵横交错，田地常年受益。南岸有分水渠道，也是年代久远的老渠。

正是因为这些水坝的存在，罗兴江上产生了多处落差不一的"人工瀑布"，既达到了引水的目的，又增添了颇具观赏价值的景观，可谓是一举多

博浪村的"自动引水泵"（朱嫦巧摄）

连接"引水泵"与水渠的水管（赵飞摄）

得。这样的水坝在罗兴江流域并不少见。2014年至2015年，文体局组织人员开展了《清末以来罗兴江流域水利利用情况考察报告》的专题调研。调研报告显示，罗兴江支流大同河河段建有水坝25座，古信河河段建有水坝44座，两支流汇合后的河段16千米范围内水坝更为密集，达到71座，数量合计有140座。

分布于田间高处的水渠是水田的"血管"，有了它，千万亩[2]的稻田便轻松地得到了罗兴江水的滋养。文体局一位同志及一位男同学"文武双全"，他们踩着凸出的石块，三下五除二就登上了离地两三米高的水渠。这可是难得的体验，但这个高度对我这个个头仅有1.6米多的文弱书生真是个考验。我在旁边找了一处较低的节段，整理下衣服和相机，费了点力气勉强登了上去。水渠里边的水有二三十厘米深，不算清澈，底下沉淀了不少泥沙。此时，文体局的那位同志已经脱去鞋袜，站在水渠里边体验凉爽了。我也站在水渠狭窄的边缘，战战兢兢地脱去了鞋袜。一向不是太注意留影纪念"到此一游"的我，如此狼狈的境况却想着务必要留个影，便让男同学帮忙拍了几张。当时的情况是头顶烈日，汗流浃背，手里还拎着皮鞋。我特别注意到，水渠两侧间隔不远设置有出水口，河水便这样流到了水田边上的小水沟之中，灌溉可谓举手之劳。

水渠的出水口（赵飞摄）

## 三、自流渠

在稻田距离水面落差较小的地方，人们则多使用"自流渠"灌溉。在江河溪流中垒石堰坝，约束水流，抬高水位，再在河岸依地势开挖沟渠，把水引向田地，这种灌溉方法被称为自流渠。有了拦河的水坝，就可以根据地形开挖自流渠了。自流渠比筒车、龙骨水车的灌溉量都要大许多，一条自流渠，少则灌溉数百亩良田，多则上千亩。据文体局的调研报告显示，民国时期，罗兴江沿岸的自流渠有16条。这些自流渠因为水量大，能满足稻田用水需求，确保水稻无干旱之忧，年年丰收。同时自流渠也是各种小鱼生长繁殖的天堂。这些自流渠中，最为有名的是鹭鸶村上罗兴村的百蒙渠，一段关于它的故事《稻谷节的传说》流传至今。

古时候，罗兴村由于没有水利灌溉，村民们只能眼巴巴地看着近在咫尺的江水日夜不停地向东奔去，两岸的田地每年总是赶不上清明前后的大好季节插秧，只能等到六月以后大雨季节，田里有了积水才能开犁耕种，还经常遇到旱灾，稻田产量低，收成少。罗兴村村民多么盼望清凌凌的江水欢快地流进岸边的良田啊！他们绞尽脑汁想办法挖渠修水利，多次考察罗兴江，但是都没有结果。罗兴江上游有一道自然形成的拦河坝，这石坝与一座大石山

水坝与自流渠（赵飞摄）

相连接。连接拦河坝与石山的，是山崖下一块巨石，那块巨石中间有一道崖缝，土名叫"叫关"。有一天，几个村民带着猎狗到山下打猎。突然猎狗发现一只野猫，它从山脚追过来，追到巨石前时，那只野猫倏地钻进"叫关"里去了。狗身子大，没有办法追进去。村民就用火烧烟熏的土办法，想把野猫熏出来。果然，野猫出来了，但它不是从"叫关"正面出来，而是从"叫关"背面跑出来。这件事让村民豁然开朗：原来"叫关"是通的，只是"叫关"缝隙位置高，上游的河水流不过来，只要开凿"叫关"，扩宽缝隙并降低缝隙位置，就能在江边挖渠引水浇灌村里的上千亩良田。于是他们决定开凿"叫关"。经过一段时间的寻访，从外地请来石匠，是名叫隆英、隆雄的兄弟俩，村民们恳切地请求他们帮助开凿"叫关"。村里的几个头领带他们去勘察，并把开凿通水后的打算及美好前景讲给他们听。隆英、隆雄兄弟俩被村民们的诚意所感动，他们利用自制的简陋工具，克服重重困难，每天挖凿不止。历经半年多的努力，终于把"叫关"凿通。村民们欣喜若狂，他们在村老的带领下，开始挖渠道修水利。大家齐心协力，挖成一道长3公里[3]的水利渠道，引水灌溉着一亩亩稻田，实现了旱涝保收。凿洞引水成功，彻底改变了村民以往的种植习惯。过去由于没有水利灌溉，水源不足，村民只能等天下雨才能种一造晚稻。引水浇灌后，村人学会了种早稻。不管是初春还是酷夏，都能看到田野里到处是绿油油的一片。村民们看在眼里，喜在心上，他们决定建造"叫关庙"，歌颂隆英、隆雄兄弟俩的引水功德，供世世代代纪念。庙堂建成时，是农历五月二十六，于是定下每年这一天为稻谷节。

《稻谷节的传说》告诉我们，隆安稻田的旱涝保收，既是大自然的恩惠，同样也离不开隆安人的勤劳与智慧。

## 四、种田容易

"12个太阳都不怕"的谚语在位于县域北部的雁江镇同样得到了验证。那艾，是一个位于小山坡上的自然村。2017年3月底，正值耘田、

那艾村辛苦劳作的妇女（何裕摄）

插秧的时间段。傍晚时分，我在公路边见到一位刚完成耘田劳作的村民，正在给"小金牛"（当地人对手扶拖拉机的称呼）更换轮胎。他大概40多岁，见到我便热情地用壮语打招呼。我赶忙解释说，我不是本地人，来自广州，来这边做调查。他便用普通话和我聊了起来。

我问他："您这个拖拉机多少钱啊？"他笑着回答："'小金牛'加上那个拖斗有6000块，你看我们这个下田劳动很辛苦的，小时候没有好好读书，只能这样喽。"虽然如此讲，但言语中听得出他的平和，对这样的耕作生活习惯且满足。"我们这个村名字叫那艾，'那'就是水田的意思，'艾'就是容易。'那艾'也就是说种水稻容易的意思。我们村附近有一个水库，叫河德水库，灌溉很便利。所以大家都说'12个太阳都不怕'喽。"我又问："现在大家都用'小金牛'了，用牛耕田很少了吧？"他回答说："10多年前，大家都用牛耕田，下田插秧，现

那艾村插秧的村民（聂瑞摄）

在少见了。"他用手指了一下附近雁江香米基地的方向，继续说："香米基地那边都是机械化了，用日本的什么技术，都是抛秧，我们也更多用这些技术了。"传统的水利设施与现代农业技术一起，正在造福这一方土地。

在那艾村，传统的农耕方式也依然可见。在公路另一侧的水田里，有一位中年妇女在平整水田，她使用的农具是一根长约两米的粗木棍，两端扯上绳子，靠人力拉动。想必这就是最原始简单的农具了。

## 五、布泉河稻田

位于隆安县西部布泉乡境内的布泉河，是罗兴江的上游干流段。在农业部评选的"2014年中国最美休闲乡村和中国美丽田园"榜单上，布泉河稻田景观成功入选"中国美丽田园"。布泉乡是典型的喀斯特地貌分布区，连绵起伏的山峦，再加上清澈见底的布泉河构成了一幅令人陶醉的山水画卷。布泉河同罗兴江一样，有不少的自流渠，景色美不胜收。这些自流渠附近，大都分布有上百亩的稻田。只可惜我们来得不是时候，此处水田的插秧时间比雁江镇要晚一些，水田多在沤田阶段，即便是想找寻"稻田翻浪"美景的蛛丝马迹，注定也是奢望了。

此时已是黄昏，当我在车上正因看不到稻田景观而遗憾之际，意外发现在河对岸的一片水田里，有一位头戴斗笠的老人正在驱赶一头老水牛耘田。于是，我赶忙喊停车，前去拍照。由于过河的路程太远，等我们赶过去时，老人已经停止了劳作，赶去了远处的一条水沟清洗鞋子，只剩下老水牛在田的一角躺着歇息。在隆安，畜力耘田已经难得一见，

布泉河稻田美景（何宏生摄）

布泉龙会田野（何宏生摄）

美丽的布泉河（赵飞摄）

为了一睹耙的真容,我便用力将它从水中提了出来。我们的举动,引起了附近一位村民的注意。他原本也是在自己的田里开着"小金牛"耘田,此时已经结束了劳作,坐在水渠上歇息。估计出于好奇,他便走了过来,用壮语问我们在这里干吗。雷老师向他解释了一番,说希望能够拍一些耘田的素材。

"没问题啊,我来赶牛都行啊,你们尽管拍。"这位村民相当热情,很快将水牛赶了起身。有了这位"模特"的帮助,我们拍照就容易多了。只是这位"模特"还不够"专业",他似乎为了让我们拍得轻松方便,只是摆出了耘田的模样,站立在原地不动,没有赶牛前行。我们只得又告诉他:"得让牛动起来。"他很快领悟到了我们的意图,便笑着赶牛在田里走了一圈。等我们拍摄完毕,牛的主人也回来了。此时天色渐暗,牛的主人将耙简单清理过后,便牵着老牛走向了回家的田间小

看看耙的全貌(聂瑞摄)

"模特"展示耘田（聂瑞摄）

道。在黛色山峦的掩映下，村民与牛的背影在绵延曲折的阡陌上渐行渐远，不禁让人感叹，这不同样是一幅"最美稻田"的生动画面嘛！

注释

[1]  1里等于500米。

[2]  1亩约等于666.67平方米。

[3]  1公里等于1000米。

Agricultural
Heritage

**罗兴江的见与闻**

04

根据文体局的调查，清朝末年至中华人民共和国成立初期，罗兴江沿岸的水车有298架之多。当地老人描述，以前在罗兴江沿江上下，到处都是高耸的水车，水车轱辘不停转动，竹筒提水昼夜不息，呀呀之声不绝于耳，成为罗兴江上一道亮丽的风景线……

# 一、水碾坊

人们常说"靠山吃山，靠水吃水"，隆安罗兴江沿线的先民们便将"吃水"发挥到了极致。2017年3月29日，我第二次来到隆安县。再次步入"那文化"展示厅，与之前相比，展品增加了不少，其中最醒目的便是一个高约1.2米的"自动灌溉工程/水碾"的水泥色模型。我第一次调研时在罗兴江沿线见过不少自动灌溉工程，水碾却未见过。水碾由碾台、碾架、碾槽组成，一般安装于小河、水渠岸边，利用水的自然冲力推动水轮，并通过碾轴带动碾盘在碾槽中滚动，使稻谷脱壳。水碾作为一类传统农器具，在三国时代就已有文献记载，在当代则十分罕见了。

"水碾坊在隆安县还有吗？"我很是好奇地问。黄书记回答说："现在应该没有了，不过还有遗址。雷老师比较了解，明天可以让他带你们去看看。"于是，我们于3月30日在雷老师的陪同下再次赶赴罗兴江。

在博浪村之南的不远处，便是右江的两条支流——罗兴江与渌水江的交汇处。相对而言，渌水江的水量更加丰沛。雷老师的母亲已经90多岁了，据她回忆，自从嫁到这里来，她只见渌水江干涸过一次，渌水江里的大鱼也是寻常见的。我们穿过一片片的蜜本南瓜田，再沿着一江碧水的罗兴江前行不足1000米，就找到了一处水碾坊遗址。遗址已经不见任何地面上的建筑，只见有一条长约20米、宽约1.5米、深约2米的引水沟与罗兴江前后相通。因废弃太久，沟中早已无水，水沟的中间位置便是水碾坊的所在了，此时我们看到的只是一个长约3米、宽约3米的深洞，下边已长满了草木。为了选取更好的拍摄角度，我便跳过引水沟到了近河水的一侧。同行的几位女同学有些胆小，担心掉落进深沟，未敢效仿我的"英勇"行为。

"那文化"展示厅内的自动灌溉工程／水碾模型（聂瑞摄）

  有关当年水碾坊的情形，我们只能从其他途径获取了。翻阅文体局的调研报告可知，清末至中华人民共和国成立初期，罗兴江沿岸有31座水碾，其中用于稻谷脱壳的有29座，用于碾磨玉米的有2座。由于水碾省力，特别有利于大批量稻谷的加工（可一次性加工数百斤[1]），一些远离河溪的村屯没有水碾，当地村民就挑稻谷前来加工。民国时期，博浪村板何屯的水碾坊在附近是独有的，除了加工本村屯的粮食之外还有空闲，邻近村甚至是其他乡的村民都挑稻谷前来加工，板何屯俨然成了一个大米集中加工地。乔建街上的精明商人就在板何屯收购粮食并就地加工，然后运到街上出售，既节省运力，又能赚取更多利润。据当地老人回忆，在罗兴江边建造水碾坊的都是有钱的大户人家，他们家底厚、田地多、收入高，并且有足够的劳动力。碾坊帮人碾米时大多现场收取大米做加工费，每100斤收3斤，当然也可以交钱。收取的大米还很有讲究，碾坊主人会用筛子选取颗粒完整的好米，不会收取那些带米糠的白米和碎米。这些水碾坊至20世纪60年代一直经营得十分红火，自70年代起，经营渐渐走下坡路，直至关停。

## 二、水车与鱼床

在儒浩村以南不足1000米处，有一座两孔石桥。桥下便有一处水车遗址。水车又名竹车、筒车，以木制轮子，架设在水流上，大轮子周围绑缚上若干竹筒或木筒，作为兜水工具。轮子受到水流冲击而转动，水筒随轮子转动提水上升，到一定的高度倾泻入槽，流进田里，水车可昼夜转动取水，给农田灌溉。水车是隆安县沿河地区水田灌溉的重

儒浩村罗兴江岸的水车遗址（赵飞摄）

要设施，有历史文献可以做证。如明代嘉靖四十三年（1564）的《南宁府志》就有记载，隆安县罗兴江边的村子"水车溉田，极称便焉"，而渌水江沿岸，"以塞水陂作水车灌田"。

在两个桥洞中间位置的河水中，有长条状的土石堆，为旧时人工修筑的围水堰坝，功用是引导和约束水流到岸边的水车处，同时提高此处的水位。距离河岸半米处有巨石，距离巨石约半米的水中也有石砌的围水堰坝，旧时的水车便是安装在两者之间的中间位置。两侧石头上均有人工凿成的直径约20厘米的石孔，为固定水车所用。雷老师介绍，水车高度应有五六米，提水上来后，通过竹筒做的水槽再引水至岸上的水渠。根据文体局的调查，清朝末年至中华人民共和国成立初期，罗兴江沿岸的水车有298架之多。当地老人描述，以前在罗兴江沿江上下，到处都是高耸的水车，水车辘辘不停转动，竹筒提水昼夜不息，咿呀之声不绝于耳，成为罗兴江上一道亮丽的风景线。

罗兴江鱼类资源丰富，村民捕鱼的办法多种多样，有网捕的，有垂钓的，有放鱼筌的，还有放鸬鹚的，而最省时省力又收获最大的则数修建鱼床。鱼床，其做法是将竹条并排编成栅，在水流落处围成一船形槽，一般架在水流落差较大的水域，前低后高，这样，顺水而下的鱼群落到鱼床后无法往回游，人们便唾手可得。现在罗兴江的鱼类资源较以

金穗生态园中的龙骨车
（隆安县文体局供图）

往有所减少，且随着农村地区商品经济的发展，鱼类产品的获取途径非常之多，大型的鱼床在罗兴江上较为少见了，我们有幸在博浪村见到了一个旧时留下的大型鱼床。这个鱼床长约5米、宽约2米，底部用整根竹子密密地编排固定而成，两旁用较粗的木头加以围闭。鱼床的头部沉入水底，尾部的下方则使用木料固定支撑。为了防止大鱼从尾部"逃走"，在尾部还放了一块大石头加以阻拦。像如此大的鱼床，其功用完全是为了捕大鱼，不过遗憾的是，去看了两次，均未见到鱼的身影，这似乎又证明了雷老师说的"罗兴江鱼大多不重"。

这类大型的鱼床多设置在罗兴江的干流之中，因河水汹涌，特别是在雨季还是有较大的危险性的。小型的鱼床，多分布于小溪小河，现在也依然多见。人们在溪流中间用大石块堆积一个简易的拦水坝将水流拦住，这样水能够流下，而鱼类则通不过。同时，人们在拦水坝的上游位置挖一条小水沟，在水沟的终点设下鱼床，这样进入水沟的鱼类便不可避免地落入"圈套"。但人们也会注意将鱼床竹木间的空隙设计得较宽，使小鱼小虾可顺利通过。通常，鱼床的主人每天早上起床后，第一件事情便是前去"收获"。收获或多或少，当天便上了餐桌。如果有剩余，便用灶内炭火的余热慢慢熏烤成鱼干（因不用油来煎，故也称之为"白煎"），留着以后吃、赠送亲友或拿到圩上去卖。这些鱼是

罗兴江上的大型鱼床（赵飞摄）

溪流中的小型鱼床（赵飞摄）

纯正的"生态鱼"，价钱也不贵，往往非常畅销。有关鱼床，雷老师的母亲有如此记忆：

我刚嫁过来那时（20世纪40年代），河里的鱼可多了。每年秋季来临，渌水江和罗兴江的鱼要赶回右江去，顺流而下，落入我们安好的"垒"（壮语，指鱼床）里，每天收获都有两三千斤，而且持续一个月左右。有一次雷英章的一位远房堂伯在值守鱼床时，还捕到一条近200斤重的大鱼呢！邻村的人对板何屯盛产鱼和稻米都羡慕不已，他们的勒娋（壮语，指姑娘）都抢着嫁到我们屯来，所以有句山歌这么唱道："修了几代福，才能嫁板何。"我当年是地主的大女儿，就是看中这里有稻有鱼，才从儒浩嫁过来的。鱼太多了，吃不完。个头大的就用麻线穿上鳃养在河里，待到圩日挑到街上去卖，个头不算大的一部分在村前的鱼塘里放养，剩下的制作熏鱼（鱼干），总之一年四季鱼食不断。

## 三、碧云山庄

在罗兴江两岸，时常看到一些不同寻常的鱼塘。这些鱼塘与罗兴江相通，鱼塘与江之间有水闸，水闸有细网相间隔，这样，鱼塘就不再是一潭死水，而是不断更新的江水。罗兴江的水清澈无污染，这充分保障了鱼塘的水质，从而鱼类的品质也得到了有效的保障。有的鱼塘位置较江水高一些，塘的主人便使用自动灌溉设施，将清澈的江水引进来，同时建有排水渠，定期换水，这样同样能够保障鱼塘的水量与水质。

我看到有一处鱼塘边建了占地面积挺大的板房，雷老师告诉我，

江水通过水渠进入鱼塘（朱嫦巧摄）

碧云山庄中的临江鱼塘（赵飞摄）

这些养殖户有的提供餐饮服务，所以建了房子，不过做的多是熟客生意，去吃饭的话需要预订。在清澈的江水里养成的鱼必定是美味的，我便询问雷老师能否安排中午找家这样的地方吃饭。他说有一位同村的村民做这种生意，于是便打了电话预订。一个多小时之后，我们驱车前往。路过大片的香蕉田，再穿过一处铁路隧道，便抵达了位于罗兴江边名为"碧云山庄"的农家乐。虽然名为山庄，却未见山。碧云山庄占地面积较大，约有四五亩，配套设施略显简陋。临江鱼塘一个，水中鱼头攒动，以罗非鱼和大头鱼为主。几只白鹅在水中嬉戏，再加上翠绿的江景、充满活力的田野、恬静的农家氛围，令人气定神闲、心旷神怡。山庄的主人是一对年龄约50岁的夫妇，他们的身份，既是种植与养殖户，又是老板，同时兼任厨师。在这里，不见有菜单，老板根据已有的食材自主决定做什么饭菜，可以说这样的生意完全是"良心买卖"。虽然正值三月三节假日，吃饭的也只有我们几人。等了约一个小时，老板终于做好了饭菜，有鸡有鱼，青菜就是附近田间采摘的南瓜苗。饭菜美味可口，价钱也适中，令人十分满意。

2017年5月初第三次考察时，我又想起了这家临江的农家乐，便再次前往。这次终于明白了为何称之为"山庄"，原来距此约500米处有一座约百米高的山丘，名曰"岜对山"。黄书记说此山是一处观江景的好所在，于是就带我们上山一观。岜对山虽然不高，路却难行，若不是碧云山庄的老板开了一条简易的路，估计常人都无法登顶。仅在半山腰，山下的景色已是一览无余，罗兴江、对岸的博浪村、大片的南瓜田与香蕉田尽收眼底。登上山顶，看到的景色更是令人陶醉。邻近的铁路不时有动车飞驰而过，为静谧的田园景色增添了一分灵动。

下山后，回山庄的小路一侧有一处占地大约四五亩的果园，以柑橘为主。柑橘树还小，树下套种了一些西瓜，据说是山庄老板栽种，就是为了招待客人做一些采摘。

这次到碧云山庄，我对碧云山庄老板经营理念的认识更深入了，相信他们的生意会越做越好。可以想见，若是隆安县的"那文化"旅游产业迎来大发展，类似碧云山庄这样的农家乐必然能够在产业链中发挥重要的支撑作用。

## 注释

[1]  1斤等于500克。

六月六稻神祭

05

在放满祭品的八仙桌前，主事师公先是与5位仙婆一道手持香烛祭拜。之后，他手摇铜铃，肩上挑着两个水桶，与5位仙婆一起围着金黄色的水稻道具，边舞边唱，做招魂状。隆安人认为，稻谷长得不好，是因为田鬼作怪，致使稻禾魂飞魄散。要使禾苗长得好，必须把受惊吓飞走的稻魂招回来，这样稻禾才长得好，结出饱满的稻穗……

# 一、稻神"娅王"

　　节庆活动作为"浓缩的文化物象"，是一个民族文化延续、传播的重要途径和载体，同时也最为大众喜闻乐见。在隆安，我时常听到这样一种观点，即：隆安壮族在长期的稻作生产中，围绕水稻生产的各个阶段形成一定仪式，并融入了民间信仰，产生了相应的祭祀祈祝礼仪，形成了系统的"那文化"节庆体系（表3）。隆安县在申报国家农业文化遗产、"中国那文化之乡"的材料中，也将节庆部分作为重点。渐渐地，我也认可了这一观点，如果将"那文化"节庆体系比喻为一顶皇冠的话，那么六月六芒那节（2010年成为自治区级非物质文化遗产）无疑是皇冠上的明珠。

### 表3　隆安县全年节庆活动表

| 稻作阶段 | 名称 | 时间 | 内容 |
|---|---|---|---|
| 备耕阶段 | 社日（斋庙） | 二月初二 | 祭祀土地神 |
| | 三月三 | 三月初三 | 祭祖、歌圩 |
| 播种阶段 | 四月八 | 四月初八 | 求雨、农具节 |
| 田间管理阶段 | 秧神节 | 五月初五前后 | 祈求秧神保佑禾苗生长旺盛 |
| | 芒那节（稻神祭） | 五月二十六、六月初六 | 请娅王、招稻魂、驱田鬼、稻神祭仪式 |
| | 鬼节（中元节） | 七月十三至十五 | 家家户户都宰鸭，把熟鸭子、米酒、饭团等拿到祠庙、田头、水边祭拜 |
| | 娅王节 | 七月十八至二十 | 祭祀娅王 |

续表

| 稻作阶段 | 名称 | 时间 | 内容 |
|---|---|---|---|
| 收获阶段 | 稻花节 | 八月十五 | 到土地庙祭祀，感谢土地神保佑水稻生长之功德 |
| | 尝新节 | 九月十九 | 把收割来的新谷制成米粉、糍粑等美食，点香燃烛祭奠祖灵、土地神和稻神，以此感谢神灵100多天来保佑水稻生长、丰收的功德 |
| 归仓阶段 | 仓神节 | 十月初十 | 制糯糍，备酒肉，拜祭仓神、祖灵和土地神，祈求神灵帮助管好稻谷，防治各种虫害 |
| | 报神节 | 正月初二 | 各家宰杀阉鸡，煲熟之后，由家庭主妇挑起牲品和鞭炮、香烛、纸钱等，依次在土地庙、本族的宗祠及家里祖先龛位祭奠，感谢祖灵过去一年给予的恩赐，祈祷新一年风调雨顺、五谷丰登，祈求祖灵保佑子孙兴旺发达、事业繁荣 |

资料来源：隆安县文体局"那文化"展示厅。

　　2016年7月9日，农历六月初六，迎来了首次隆安调研的核心环节——芒那节。"芒"在壮语中是鬼神的意思，芒那节若直译过来可称作"稻神祭"。早上8点钟，我们便驱车前往乔建镇的儒浩村。大约半个小时后，我们就到达了儒浩村的大王庙附近。隆安县的许多村落都建有大王庙，但多数庙中并没神像，供奉的大王究竟是何方神圣，即便是本地的群众往往也说不出。雷老师解释说，大王应该就是稻神娅王，"娅"在壮语中是阿婆的意思，娅王是古代骆越国的一位女王，兼有祭司身份，后随着父权制的确立，娅王由掌管三界的女神演变为稻神。有些文献称，娅王是壮族创世神布洛陀的女儿。2016年1月，中央电视台播出了一部颇获好评的纪录片《稻之道》，该片在广西东兰、田阳、上林等县均有取景，其中也提及了壮族的稻神信仰，称是布洛陀的女儿娅王为人类带来了稻种。

## 二、一块"黑板"

此时的儒浩村已经看出了节日的气氛，不断有人开车或骑摩托车进入村子。尤为引人注目的是，骑摩托车进村的人中有几位身着鲜红服装、头戴彩色帽子的妇女，有人告诉我们这是参加稻神祭活动的"仙婆"。此时，广西骆越文化研究会的会长谢寿球、副会长谢中国等几位专家也已经到了，文体局领导便带我们几位前去打招呼。谢会长是隆安"那文化"保护与品牌建设的积极推动者，为隆安县成功申报农业文化遗产做出了很大的贡献。

距离活动开始尚有一段时间，我们便先进大王庙看了看。此时的大王庙正在重建，堆了不少砖瓦沙石，只有古时留下的一根石桅杆（还有一根为现代仿制）、两只石狮可以供我们追忆大王庙所经历的风雨沧桑。据所存碑刻的记载，大王庙始建于明嘉靖至万历年间。大王庙后面原是戏台，与庙建于同一时期，1964年被改建为儒浩小学。据介绍，儒浩村还计划在庙前方建设一个占地四五亩的"稻神祭广场"。如此大规模的建设工程，相信与近年来稻神祭活动影响力的日益扩大有着密不可分的关系。

在儒浩小学内，尚有两块石碑，分别为清乾隆、道光年间所立。但石碑保存状况堪忧，仅是作为铺路面的石板使用，不知被多少人踩踏过，已经断裂、残缺了，字迹也有些模糊不清。在学校一角的杂物堆，大家却有了意外的收获。在翻看杂物堆中是否有碑刻时，一块牌匾映入眼帘，匾上写着"英灵并著"四字，落款为"光绪二十年"，这居然是一件有着120余年历史的文物！翻到背面，可以看出这块牌匾与一块三合板钉在了一起，一度作为儒浩小学教学使用的一块"黑板"。这种黑板早已经过时，不知何时被作为废弃品丢在此处了。

## 三、稻神祭

大约上午9点半，大家期待的稻神祭终于拉开了帷幕。第一个环节是请娅王。由于大王庙正在重建无法使用，村民们就在庙西侧的一处小房子内举行了这个仪式。村民们拿来了鸡、米酒、米饭、香烛、纸钱等

大王庙里请娅王（朱嬛巧摄）

祭品。师公们（在隆安的师公教中，有道公、师公两种称谓，两者有少许的差别，但本地人在称呼上并不怎么区分，故本书统称为师公）在田边做法事之前，先在这里举行祭拜娅王、恭请娅王出行的仪式。祭拜和恭请娅王出行的传统做法是：摆上供品、烧香烛后，师公们手执法器，有节奏地摇着铜铃，敲着锣，打着鼓，一面唱着请神词一面虔诚地舞拜。请神词为壮语，汉译文大致是：

> 今日驱田鬼，请大王出面；
> 把鬼怪赶走，大王力无边。
> 今日招稻魂，请大王出面；
> 待秋后丰收，隆重来还愿。

第二个环节是在村外的一片稻田里边进行，为招稻魂、驱田鬼。村里的妇女们陆续将祭品带到稻田边，点燃香烛。几位男性村民用三轮摩托车运来了八仙桌、祭品、音响等，随后他们又在稻田的田埂上、路边插上了彩幡。准备完毕，祭祀活动司仪、隆安县原文工团团长兼文体局文化顾问何生德先生用高亢的声音宣布稻神祭开始。首先由他朗读祭文，内容如下：

> 隆安儒浩，稻神之乡；神山龙潭，汇聚一方。
> 上万年前，稻神显像；落座儒浩，造福壮乡。
> 远古先民，在此闯荡；同心协力，垦地开荒。
> 奈无工具，耕种无望；奈无谷种，难以插秧。
> 民无收成，生活凄惨；野果充饥，面瘦肌黄。
> 稻神娅王，慈悲天降；一送石铲，二送种粮。

村民摆放在田边的祭品（朱嫦巧摄）

王送谷种，功德无量；再送石铲，恩惠难忘。

猪头一个，燃香奉上；答谢神恩，表我衷肠。

一谢娅王，鼎力相帮；赐我谷种，民生有望。

二谢娅王，神恩天降；赐我农具，教我种粮。

三谢娅王，为民求雨；不畏雷公，敢于担当。

娅王慈悲，天恩浩荡；保我黎民，幸福安康。

佑我隆安，蒸蒸日上；护我神州，国富民强。

山河有知，魂兮来降；大礼告成，伏惟尚飨。

随后，便是师公与仙婆负责的招稻魂仪式。主事师公是一位身材高大的师公，名叫吴凯，1979年出生，为南圩镇三宝村人，现在县城居住。仪式上，在放满祭品的八仙桌前，主事师公先是与5位仙婆一道手持香烛祭拜。之后，他手摇铜铃，肩上挑着两个水桶，与5位仙婆一起

招稻魂仪式（朱嫦巧摄）

围着金黄色的水稻道具，边舞边唱，做招魂状。隆安人认为，稻谷长得不好，是因为田鬼作怪，致使稻禾魂飞魄散。要使禾苗长得好，必须把受惊吓飞走的稻魂招回来，这样稻禾才长得好，结出饱满的稻穗。唱词为《招魂经》，汉译文大致如下：

盘古造天地，母王备谷种；谷靠魂护身，魂散米失损。
魂散米失损，虫钻米不成；丰收靠稻魂，稻魂快返回。
稻魂快返回，稻花结满穗；九十月丰收，拿猪头祭拜。

之后的驱田鬼仪式则换了另一个师公团队，合计七八个人。他们身着色彩艳丽的道袍，有的执长剑，有的执长棍，手摇铜铃，敲锣打鼓。另有两位的装扮则截然不同，他们身着青袍，分别头戴红、黑色面具。有趣的是，两位虽然都手持扇子，却是一把纸扇、一把蒲草扇。他们做

稻田巡游驱田鬼（何宏生摄）

了一番法事后，便沿着小路与田埂，走进田间，摇着铜铃，敲击锣鼓，寓意把稻田里的田鬼赶走，使受惊的稻禾抬起头来，让它们恢复元气。师公们在田埂上一面走，一面作法，并由一人念驱田鬼经文。经文为壮语，汉译文大致如下：

> 母王守田头，哪个敢作祟；作恶拿去杀，尸首分两段。
> 一段给狗咬，一段给虎吃；作恶没好死，闻香快归位。

仪式的下一个环节是欢快的，主事师公将寓意"来年好收成"的一桶稻谷分发给民众。这时，在场的村民及游客为了得到稻神的赐福，一拥而上将师公团团围住，伸长了双手，等待着"馈赠"。不大一会儿，一桶稻谷便分发完毕，有幸得到的村民欢喜异常。

民众争相领取寓意"来年好收成"的稻谷（何宏生摄）

最后一个环节是稻神祭仪式。在儒浩村的另一头，一个低矮的岭坡边，耸立着一块巨石，其头又像鸟头，又似人头，仔细看时更像一个阿婆的头像。人们说，这就是稻神娅王像，神像的"头"是古代时人工安置上去的。娅王像附近还散布着几块类似圆锥体的巨石，人们说这就是稻谷的形象。师公、仙婆来到此处，再一次做起了法事，他们面向稻神像认真地颂唱着经文。经文为壮语，大意如下：

娅王送谷种，老人亲口讲；相传几千年，烧纸钱祷告。

娅王快回来，到各村各户；送福送财马，民众跪感恩。

娅王快回来，保各家丰收；种田又养猪，吃穿不忧愁。

请娅王下凡，保国家兴旺；娅王到人间，社稷才平安。

2009年的稻神像（隆安县文体局供图）

在果园起舞（朱嫦巧摄）

　　因为稻神像附近空间狭小，前来采访的电视台拍摄的影像估计不会理想。仪式结束后，在记者的要求下，师公和仙婆转移到了旁边一处较为开阔的果园，再一次"表演"了一番。从事音乐创作研究、曾任广西壮族自治区文学艺术界联合会副秘书长与组联部主任的潘荣生先生当天也到此采风。他被师公、仙婆的歌舞所吸引，仪式结束，寻得机会便向主事师公吴凯请教唱腔。后来潘荣生先生在接受隆安县电视台的采访时表示："唱腔非常优美，参与独具地方特色的稻神祭活动是一次难得的体验，给我带来了创作灵感。我准备创作一部有关稻作文化的艺术作品，向2018年的区庆献礼。今天的稻作文化就是一系列活动的开篇。"后来，我也听闻26集动画片《那世纪》获得了国家新闻出版广电总局2017年度重大影视题材立项和自治区特色文化重点项目立项。据说，《那世纪》是中国首部以稻作文化起源为题材的动画片，目的就是运用大胆奇幻的想象力，向民众介绍八桂大地原始年代"那文化"的起始和发展。主创团队已深入隆安调研，为作品创作搜集第一手素材。再联想到潘荣生先生的话，不禁让人感叹，稻神祭看似规模小，却是"那"乡宝贵的文化遗产，其潜藏的价值，一经文化艺术工作者发掘，必然会散发出耀眼的光芒。

## 四、是不是"表演"

半天喧闹的稻神祭看下来，我们最为关心的问题是，过去的稻神祭到底是什么形式？稻神祭的司仪何生德先生告诉我们：

当前芒那节稻神祭的规模，比中华人民共和国成立前要小很多。农业合作化后，水田不归自家管理了，此习俗就停下了。20世纪80年代初期推行家庭联产承包责任制后，驱田鬼的习俗才慢慢有所恢复。而当前，许多村民都外出打工，稻神祭的规模也较前些年缩小。稻神祭是村民在耕种过程中寻求精神上的支撑，求稻神保佑丰收的一种心理寄托。村民自发到田里祭拜，而文体局则负责组织和引导，对于积极参与的村民会给些香火钱进行鼓励，希望祭祀活动能形成规模。以前祭祀时，都是女人在田埂上祭拜，男人赤裸上身下田驱鬼，现在没有了。主要原因在于以前是单季稻，现在是双季稻，六月六正值早稻扬花，不适合踩踏。

活动期间，我们也就这些问题询问过不少村民。他们大都说不太了解情况，只有一位女性村民回答说："以前也会做这些事（驱田鬼）。以前不搞活动的时候我们就自己搞，不过不是在田里，一般是在家里面。"一些同行的学生了解到这些情况后，便开始怀疑稻神祭在过去是否存在，怀疑它是官方无中生有的"表演活动"。

真相究竟如何呢？我想可以从3个方面做出解答。

第一，稻神祭节庆不限于隆安所有。民以食为天，稻田收成的丰歉决定了农家生活的难易。在生产力水平有限的古代，农人为了保禾苗茁壮成长，便延伸出了一系列的祭祀稻神活动。据文献记载，在我国南方稻作地区，乃至日本及东南亚部分国家，一些地方自古就存在与芒那节类似的祭稻神节日，称谓就有"六六福""祭田神""祭田婆""礼田节""莫那节""拜田节""拜秧节"等数种。在广西，历史上类似的节庆普遍存在。而壮族可能是历史上较早有类似节庆的民族之一，这一点有不少文献可以佐证。例如，乌浒人为广西壮族先民的别称，三国时期万震的《南州异物志》已有载："交广之界，民曰乌浒。……（乌浒人）尤好出索人，贪得之，以祭田神也。"

第二，"缺少底气"的根源在于相关学术成果的支撑不足。隆安民间六月六稻神祭虽然历史悠久，但由于地方古籍偏少，难以觅得文献上的支持。师公教是流行于广西诸多壮族聚居区的民间宗教，文体局征集到了多本旧时的师公教经书，我在一本题为《百拜朝天科仪弟子赵忠□记□》的破旧经书里边有了一些发现。该经书为手抄本，有破损，其中有"大清国广西南宁府隆安县"字样，可见经文为清代的隆安师公撰写或抄录。经书多涉及农业生产，其中既有"稻谷进仓，禾苗秀实满。汤蝗螟虫，外方之远界"等祈求水稻丰收的内容，又包含"招稻魂"的内容："五方五色五帝收禾童子……东方青色禾魂童子，南方赤色禾魂童子，西方白色禾魂童子，北方黑色禾魂童子，中央黄色禾魂童子，召请有名无位等神。"这本破旧的经书不恰恰是隆安县稻神信仰的最好例证吗?

第三，"芒那节"这个名字还有些陌生。隆安壮家的节庆非常多，但大多地方特色的节日并没有被"冠名"。节在哪一天，那么这个日子就成了节的名字。此外，即便节庆的内涵相同，在不同乡镇甚至是不同的村，选择的时间有时也会不一样。就芒那节而言，1993年出版的《隆安县志》就称之为"祭禾节"，其中有载："农历五月二十六日或六月初六为祭禾节，俗称'赶田鬼节'。此节在各地颇盛行。每到此节，农家插完了中稻秧，即具酒肉到田头奉神，以驱田鬼，祈求丰收。"这个重要的节日定名或易名为"芒那节"，想必地方政府是经过了多番讨论。据说早些年就有干部提出，因为六月六是隆安地方民众亲友大聚会沟通感情的时节，可以考虑将其命名为"情感节"。有村民也说，这个节所表达的内涵就是感恩，可以叫"感恩节"。可见今天的所谓芒那节，对于民众来讲还是有些陌生，其中的祭稻神元素较早先已经有些势弱，人们更多的是把它看作一个亲友欢聚的节日。

同众多非物质文化遗产的境遇一样，随着历史车轮的滚滚前行，不少地方的祭稻神活动现已成为过去式。隆安县芒那节作为自治区级的非遗项目，如何解决当前的困境，更好地进行保护与传承，意义和责任同样重大。同时，作为一类壮乡人民乃至全人类历史记忆的重要载体，隆安县芒那节所承载的文化内涵，需要我们更进一步发掘与研究。

**欢乐的百家宴**

06

所谓百家宴，当地人也称作千家宴，便是六月初六这一天，村民准备好酒好菜，大宴亲戚朋友，哪怕是路过的陌生人都可以受到热情的款待。当然，百家宴只是一种形象的称呼，且并不限于六月六才有，其他重要节日如三月三、中元节等也有百家宴……

## 一、百家宴的吃食

大伙儿忙活了一上午，稻神祭终于画上了句号。师公、仙婆一干人卸了装，各自骑摩托车回家过节去了，我们也跟随文体局的同志前往儒浩村村委会陆英江主任的家里去吃"百家宴"。所谓百家宴，当地人也称作千家宴，便是六月初六这一天，村民准备好酒好菜，大宴亲戚朋友，哪怕是路过的陌生人都可以受到热情的款待。当然，百家宴只是一种形象的称呼，且并不限于六月六才有，其他重要节日如三月三、中元节等也有百家宴。

我们的车停在了路边，此时停车位已经有些紧张，来往车辆不少，看来节日的气氛已经渐渐浓郁。吃饭地点在村口较开阔的地方，是一处面积不小的板房。我估计这里应该是陆英江平日搞养殖的地方，打开房间的窗户，还可以闻到外面少许的鸡鸭粪便臭味。热情好客的主人早已摆好了桌椅，共有8桌。陆英江一家及一些乡亲在旁边忙碌，在户外架起了一口大锅。鸡鸭鱼肉、蔬菜、米粉、粽子、水果等食材摆满了5张大圆桌。在每一张桌上，都放着一大盆玉米粥。调研期间，我也注意到，玉米种植区不用说，即便在稻作区，无论在农家、中学食堂，还是饭店的餐桌上，玉米粥（有的会掺杂一些大米或红薯）都必不可少。在饭店，玉米粥为免费供应，且不限量。原来，普通的玉米粥同样被看作是隆安的"特产"，可谓是隆安人餐桌上的必备品。说起玉米粥的好处，隆安人讲，它是健康营养同时兼具养生功能的食品，既可以充饥，又可以解渴，天气炎热时清凉的粥可以解暑，天气寒冷时热腾腾的粥则可以暖身。在座的除了文体局的工作人员外，还有多位广西骆越文化研究会的专家、电视台和报社记者等。开饭前，很多人早已饥肠辘辘，美食在前，有的拿粽子，有的取碗筷盛上一碗米粉，都吃了起来。

　　等到了下午1点半，百家宴终于开始了。百家宴的菜色丰富，以肉类为主，主要有厚切鱼糕、白斩鸡、咸水鸭、红烧蹄髈、洋姜拍黄瓜、腰果炸虾、炝炒通菜等。

## 二、"鸟王"的传说

　　一顿丰盛的大餐不可避免地要多耗一些时间。饭局向来是陌生人交流的最好时机，我们几位便在品尝美食的闲暇，与雷老师、文体局文

城厢镇国泰社区的五月十三稻神祭（何宏生摄）

化顾问陆有作老师就隆安的稻神信仰做了一些交流。据他们讲,农历六月六是隆安一个重大的祭祀稻神的节日,全县几乎所有稻区都过这个节日,尤其是地处渌水江、罗兴江、右江三角洲的罗兴、鹭鸶、博浪、儒浩、廷罗等村,这里可谓是"那文化"的核心区。历代以来,每逢六月初六,各家各户都到田边祭奠稻神,并且广邀亲朋好友到家做客,共同欢度节日。

此外,欢度芒那节的时间并不限于六月初六这一天,如罗兴村和连安村定在农历五月二十六,罗村为农历六月二十四,龙念村是农历七月初二,乔建社区和廷罗村福何等屯定为农历七月十三,城厢镇则选在农历五月十三。各地的日子不同,主要的原因正如陆老师解释的:"如果几个村选择同一天的话,那都没有人手来做这些准备,你请客请谁?许多村都有自己的亲戚嘛,所以大家就相约轮着来啦。"

雷英章和陆有作两位老师还不约而同地提及隆安县有不少关于稻神、田鬼的传说。稻神娅王,在当地还有"鸟王""母王"之称。我在1987年出版的《隆安县民间故事集》中查到了一则题为《鸟王节》的故事,交代了鸟王节的来历,摘录如下:

很久以前,动物也有自己的大王,比如,猴王、虎王、蚁王、鹰王等。而此时,鸟类都称鸟类的大王为"母王"。"母王"通情达理,每当人们有困难时,它总是想方设法帮忙。当时有个天王,专门管辖天下,有一年,天王刁难天下的人们,从年初到年尾没给下过一场雨,旱情严重,人们到处逃荒。母王看到这种情景,心中很是不忍,就去请求天王降旨下雨,以救天下众生,天王却说:"你们鸟类反正有水吃,何必这样为他们操心呢?"母王说:"我不愿意自己有水吃而使天下的老百姓受苦啊!如果可以的话,我愿意把我吃的水都给众生。"天王大怒说："你愿意替他们死吗？"母王说："如果我死了以后就能救众生，那我就愿意为他们去死。"于是天王下令降雨，一连降了七天的大雨，从此天下的人们又能耕田种地、安居乐业了。但是，母王却因连日下大雨，无法去觅食而饿死了。母王死的那一天正是农历七月二十日，人们为了纪念它，就把那一天定为"鸟王节"（也叫"母王节"），每年到了这一天，所有的鸟儿都去追悼"母王"，所以那天很少见到鸟儿飞翔。人们也都在农历七月二十日那一天，家家户户做米粉、糍粑，祭母王。

雷老师告诉我，在隆安壮乡流传着这么几句歌谣："十七娅王瘦（病痛），十八娅王汰（死），十九拿行杠（做棺材），二十葬娅王。"意思是说农历七月十七那天娅王得病，十八娅王死去，十九人们准备埋葬物品，二十给娅王下葬。结合上面的传说可知，所谓鸟王、母王即为稻神娅王。

## 三、喧闹的博浪

村里的百家宴一般安排在晚上，我考虑中午村主任陆英江家的百家宴有些"官方接待"的性质，于是决定下午再到另一个村——博浪村一探原汁原味的百家宴。选择博浪也是有缘由的，雷老师正是这个村的人，他熟门熟路，再加上也需要他帮助做壮语翻译，以便于我们与村民交流。我们的汽车还在主干道上，离村子还有一段距离，雷老师就决定将车停在路边，步行进村。他解释说："今天进村的车子太多了，要不然晚一些我们出村就难了。"后来证明，这真是一个正确的决定。

　　步行了约1里路，终于抵达了博浪村。走进第一家，只见不大的院子里摆满了桌椅，一家人正忙碌着准备饭菜。女主人告诉我们，今天要接待的客人有七八十位，他们会提前很多天通知亲朋好友赶过来过节。早上6点多钟，他们就起床准备晚上的饭菜了。她说："我们这里一般下午四五点钟，客人入席。路程远的人，6点多就回家。如果喝酒比较多，得到晚上八九点结束。人家来喝酒得尽兴啊！"

忙碌的一家人（赵飞摄）

雷老师告诉我，百家宴的规模也得看各家各户的情况，一是看经济能力，二是看"好客的程度"。如果交际面比较广，外边的业务多，请的客人就多。雷老师的大哥在老家，一般请客就3桌左右。二哥在隆安县城摆酒，就两桌左右。黄书记也补充说："请客人太多，一家人忙不过来，需要请人的。锅什么的需要借或租啊。"这个节，能从邻居家借到炊具估计是一件难度挺大的事情。中元节在隆安民间特别受重视，是仅次于春节的节日，因而有句歇后语"七月十四去借砧板——难"广为流传，我想用在此处必然也十分恰当。

进入第二户，同样是忙碌的一家人。这家孩子比较多，因而也特别热闹，欢声笑语充满了院子的各个角落。我交代学生把从广州带来的一些糖果分给这些小朋友。这家男主人年龄约70岁，非常热情地从院子的树上摘了许多山黄皮果，递给我们品尝。他告诉我们："来的客人一般8桌左右。昨天晚上都忙到了半夜12点。"

串了几户后，我们来到村主任雷达家。刚经历了家家户户的热闹喧哗，这个院子里显得特别冷清。原来他家里有亲人今年过世了，这次过节就不摆酒请客了。在雷达的引领下，我们继续在村子里串门。走到一家，院子里客人特别多，几乎没有一处空地。在一个角落，堆放着客人带来的箱装啤酒及饮料，如同一个小山包一般。当得知这家请了32桌时，我们惊讶得不得了。我们上到主人家的二楼，才勉强拍了些"大场景"。

"需要这么大的量，肉菜是不是从外面买来的？做饭是不是得花钱请人来帮忙？"朱博士是佛山南海人，那里自古商品经济就颇为发达，她想到了这个问题。雷达告诉我们："那不是，都是自家搞的，吃的鸡和鸭都是自家养的。需要事先找人准备饭菜，起码得请十几个人，都是自己家族的人，不需要花钱。厨艺好的人就来得早一点。"看来这里的

百家宴盛况（邓珺瑞摄）

百家宴，还真是和商品经济不沾边。这里的人们，几乎家家户户都养数十只鸡、鸭，以供平日自家或请客食用，这在城里人看来何尝不是一种幸福呢！

原本我们以为30多桌已经是极限了，结果雷达说："这不算最多的，有的人家可以摆五六十桌，一些人家摆酒席稍晚一些，今天又是星期六，到时人来得会更多。"这个节日，村里的商店是人流量最大的场所，最好卖的便是啤酒、饮料了。摆酒席的人家，在庭院内的角落摆放着堆积如山的客人带来的礼物，都是一箱箱啤酒或饮料。

下午四五点钟的博浪街头，越来越多的客人拥入村子，街上已经是熙熙攘攘，拥堵不堪。村里的角落都停满了汽车、摩托车。尽管我们是步行，在一些路段依然无法前行，只有停下脚步原地等待。尽管如此，也丝毫没有影响大家的情绪，浓郁的节日气氛已经震撼了我们。在村中央，有一处面积挺大的水塘，在一片有树荫的水域，一头水牛带着幼崽正在惬意地"泡澡"，我想它们应该是这个时间博浪村里最悠闲的了。

此外，芒那节的活动安排也不仅在六月初六这一天，在博浪、鹭鸶、儒浩等村，前后几天的晚上村里都安排了文艺晚会。如：博浪村初四、初五有演出；在鹭鸶村，初四、初五、初七的晚上有演出，甚至还有南宁市的文艺队前来演出。

等我们走出村子，来到停在主干道的汽车旁，发现这条笔直的路两侧停靠的车龙，已是见不到头与尾。似乎是受到了博浪村百家宴的影响，大家晚上吃饭时特别欢快，吃得也多。饭后，我们路过蝶城广场，见到在广场的一角，正在播放壮语配音版的电影。当时播放的电影是一部抗战片，看画面与剧情，像是前些年所拍摄，观众倒也不太多。文体

惬意的水牛（邓珺瑞摄）

局的同志告诉我们，定期为城乡群众播放壮语电影也是他们的工作，今天是六月六，周边的居民很多都回老家过节去了，来看的人不会太多。不得不说，芒那节还是在乡下热闹！

**隆安的大小"寻宝梦"**

07

"考古队来村里挖宝物了"的消息不胫而走，引得村民天天来现场观看，当时不满12岁的他也挤在人群中凑热闹。会挖出多少金银财宝来呢？村民都凝神翘首，结果却大失所望，都是一些像铁铲一样的石头。望着满载"石头"的卡车绝尘而去，他当时心里还嘀咕："这些个石头到底有什么用处呢？"……

# 一、最大的石铲

大石铲是指广泛分布在广西南部地区的一种属于新石器时代晚期的文化遗存或遗物，扁薄硕大，造型奇特，制作精美。因其形状明显有别于广西其他地区乃至全国出土的新石器时代石铲或石器，故学术界习惯称之为"桂南大石铲"。尽管对桂南大石铲是否被用作祭器或还有其他功能，学术界一直有不同看法，但不容否认的是，大石铲既然来源于农业生产工具，必然与稻作生产有密切联系。因此大石铲的出现，被一些学者看作是广西稻作农业发展的标志。

隆安县是桂南大石铲分布的中心区域之一，甚至可谓是中心里的中心，尤其是在县域的西南部，大石铲的出土量非常大。雷老师的著作《壮族稻神祭研究》提及了他与大石铲的多次邂逅：

我在高中阶段的假期劳作中，曾经在地头3次发现大石铲。在读大学期间，我出于对考古学的一时兴趣，假期带领一帮少年在山岭间到处"寻宝"，果然在村里的思子岭发现了一处遗址，挖出二三十把大石铲，开学把有关情况报告给学校老师后，广西师范大学历史系廖国一、中国财两位老师亲临现场勘察，并把整整一担的大石铲运回桂林，放在了历史系的博物馆里。工作后，我回乡省亲时，还时有乡亲拿一些不完整的大石铲来让我过目。2012年8月，我在丁当镇英敏村局楞屯拔花生时，还捡到了一把有半个巴掌大的小型石铲。2013年清明节期间，我到岳母家扫墓，又发现了邑帽遗址。合计起来，我直接或间接发现的大石铲遗址就有11处之多。

对于大石铲在隆安的寻常可见，我也有深刻体会。刚到隆安，文体局领导便带我们去仓库看他们收藏的宝贝。其中，"镇县之宝"同时也是最引人注目的就是一件中间有一道裂痕的大石铲。这是一件"双肩"形束腰大石铲，长77厘米、宽41厘米、厚2厘米，是2013年在乔建镇被村民发现的，为迄今国内发现的最大尺寸石铲，约为6000年前祭祀所用。这件大石铲背后的故事多有媒体报道，通过咨询文体局相关人员，并综合新闻报道，当年"镇县之宝"被发现与收藏的情形大致如下：

2013年11月中旬，乔建镇鹭鸶村的一位村民在承包的山坡坡顶深耕挖沟，准备种植香蕉。挖到80厘米深时，意外挖出了一把巨大的石铲。由于隆安县曾挖掘出不少的大石铲，村民对此多少有点认知，但并不知道它有什么价值。正好村里有一个名叫陆飞的收藏爱好者，于是村民就把大石铲扛到他家里，让他帮忙鉴定并处理。后来，陆飞将这一消息告诉了广西骆越文化研究会谢寿球会长及一位古玩店老板朱仁宝。因谢寿球、朱仁宝多次来隆安考察，与文体局领导较为熟悉，所以到实地考察确认后，便将此消息告知了相关领导，同时也动员陆飞将石铲交给文物部门。文体局为了避免文物流失，在向上级领导申请征集此文物的同时，也委托朱仁宝暂时代为保管。尽管众多外地藏家欲出高价购买巨型石铲，但陆飞最终还是决定将石铲交给县文物部门，朱仁宝代付了文物征集费，并将石铲带回南宁的古玩店代为保管。

如果这件代表隆安稻作文化的大石铲流失外地，将是隆安县的一大损失。隆安县政府非常重视，决定征集该大石铲回隆安充实"那文化"展。2013年12月2日上午11时，隆安县文体局领导和县文物管理所的工作人员一起赶赴位于南宁唐人文化园内的朱仁宝古玩店，顺利接收了这件大石铲。广西壮族自治区博物馆原馆长蒋廷瑜接受媒体采访时说，

1978年隆安县大龙潭发现当时最长的石铲，现存自治区博物馆。1980年在大新县发现一件更长的。目前，广西发现最长的石铲应该就是近日在乔建镇鹭鸶村发现的这一件。同时他也认为："这件大石铲应为农业祭祀用品，磨制得这么精细，不适宜用来做生产工具。"

此外，我在儒浩村的村史馆，也看到过5件完整的石铲，可见村民手中还是有不少。在博浪村，村主任雷达还因为"在田间挖出石铲"进了书本。我留意到在一本2014年出版的题为《女娲的指纹：中国史前秘档》的书中如此写道："2002年，隆安县博浪村村民雷达在自家的香蕉地里翻种时，掘到几块体形较大且扁薄的石头。……雷达挖出的石铲，最大的有近50厘米长、30厘米宽，最小的约有10厘米长、5厘米宽。"

## 二、大龙潭遗址

隆安有33处大石铲遗址，其中最具代表性的是1979年考古发掘的大龙潭遗址，合计出土233件石器，其中完整大石铲231件，其年代大约为6500年前。大龙潭遗址位于乔建镇博浪村大龙潭东南面、右江西岸的第二级阶地上，阶地高出水面约20米，面积约为15000平方米。20世纪60年代，因博浪村的大龙潭泉水是酿酒的上乘水，县政府便在此设立了大龙潭酒厂。1978年秋，酒厂利用酒糟发展养猪业，在酒厂南面西靠小石山、东临右江的位置建设猪栏，在挖地基时发现大量的石铲。这事很快惊动了当时的广西壮族自治区文物工作队。据雷老师回忆，"考古队来村里挖宝物了"的消息不胫而走，引得村民天天来现场观看，当时不满12岁的他也挤在人群中凑热闹。会挖出多少金银财宝来呢？村民都凝神翘首，结果却大失所望，都是一些像铁铲一样的石头。望着满载"石

2014年发掘场景（一）（黄连芳供图）

2014年发掘场景（二）（黄连芳供图）

头"的卡车绝尘而去，他当时心里还嘀咕："这些个石头到底有什么用
处呢？"

后经考古队初步试掘，证实这是一处范围大、遗物丰富的新石器时
代晚期遗址。1979年3月初至5月底，区文物队与隆安县文化馆对该遗址
进行了较大面积的发掘。该遗址出土遗物以石铲为主，这些石铲制作规
整、棱角分明、美观精致，以至于一些当年参与发掘的人员误认为此遗
址是制作石铲的工场。2014年3月至9月，随着老口水利枢纽开工建设，
广西文物保护与考古研究所联合隆安县文物管理所对位于上游的大龙潭
遗址进行抢救性发掘，再次出土了石铲300余件，并发现了大型石铲祭
祀场。

## 三、寻宝之旅

2016年7月8日下午，文体局办公室副主任张晓带领我们前往大龙潭
遗址。驶过一段段蜿蜒曲折的土路，我们便到达了目的地。大龙潭遗址
虽为自治区级文物保护单位，但已经被填平，我们看到的只是一大片
农田。之前雷老师已经告诉我们，在博浪村，田间耕作的农民经常可以
捡到一些大石铲残片甚至是完整的石铲，甚至可以说是"随处可见"，
不是什么"稀罕物"，即便是捡到完整的石铲，村民往往也只是以几十
块到几百块不等的价钱卖掉。到了大龙潭，大家潜伏在内心深处的"寻
宝梦"瞬间被激发了出来。大片的农田，有的种了花生、玉米（已收
获），有的还在休耕阶段，这为大家的"寻宝"提供了开阔的空间。大
家便快速散开，各显神通，四处寻觅。为了获取第一项"考古发现"，
几位同学冒着酷暑在田野中跑得大汗淋漓。经过近半个小时的"战
斗"，大家均有所收获，带回了各自的"文物"——石头。其中，尤以

朱嫦巧博士收获最大，捡到了10余块。当天晚饭时，黄书记、雷老师在场，大家就请他们帮忙"鉴宝"。经他们鉴定，大多数的"文物"应不是石铲残片，同学们对于错过"考古发现"颇感遗憾。

雷老师也是大石铲收藏爱好者，对大石铲颇有研究，掌握了一些石铲的市场信息。在雁江古镇吃午饭的时候，他看到大家有继续"寻宝"的意愿，便告诉我们，百色市也是桂南大石铲的集中出产地，在邻近的平果县有一个古玩市场，不少人在那里摆摊卖石铲，建议我们去看看。大家的"寻宝梦"又一次被"点燃"，于是我们决定暂时抛开其他安排，直接开车前往平果县，这也是3次隆安调研期间独有的一次"越界"之行。

平果县工业较发达，县域经济实力在广西属上游。雁江镇紧邻平

雷老师为朱博士"鉴宝"（赵飞摄）

果县，驾车通过一座大桥，便进入了平果县境内。平果县的公路较隆安宽阔不少，沿途的高楼大厦愈发多了起来。不到20分钟的车程，我们就抵达了位于右江边的古玩市场。可惜的是，经询问才得知，在路边摆卖古玩的都是上午过来，下午便空无一人了。失望之余，我们看到街上有一家古玩店，于是便进去看看。在这家店，果然有石铲在摆卖。倪、朱两位老师拿起来端详了许久，其间又悄悄让雷老师帮忙鉴别了真伪。最终，他们选中了两把大约15厘米长的石铲，一番讨价还价过后，以200元的价钱成交，这也算是稍微满足了两位老师的"石铲梦"。当天晚上，我们把买来的"文物"拿给黄书记甄别，她不太认同雷老师的看法，认为是赝品，不知倪、朱两位老师心里会不会"拔凉拔凉的"。

## 四、隆安人的"寻宝"

特别值得一提的是，2014年大龙潭遗址的再次发掘，牵出了隆安县的另一项重要考古发现——娅怀洞。娅怀洞是博浪村博浪屯一座名曰大苍头山上的一个巨大山洞。该洞的名称实则应为"丫歪洞"，意指"丫歪"居住的山洞。隆安当地流传着许多鬼神故事，其中常有"丫歪"的出现。它是一种形象接近熊、狼或猿人的怪兽，在故事中总是扮演"吃人"的角色。当时主持大龙潭遗址二次考古发掘的是广西文物保护与考古研究所的谢广维研究员。在隆安县，文体局领导向他提出了这样一个疑问："大龙潭遗址发现了大量的石铲，至今却不知何人所为，制造这些石铲的人曾经居住何处，石器时代的人，会不会住在附近的山洞里呢？"谢广维研究员也很认同这个猜测，于是在考古发掘的闲暇，他走遍了周围的山洞，结果还真找到了一些线索。首先，在娅怀洞中，他捡到了两块石器，由此判断娅怀洞应有古人类活动遗迹；其次，在娅怀洞

娅怀洞考古发掘现场（何宏生摄）

不远处的一座山脚下，在机耕过的土地上，他发现几处古人类用火遗迹和大石铲祭祀坑，但该遗迹已被破坏殆尽。2015年1月，隆安县文体局特意邀请广西民族博物馆馆长王頠前来对全县大石铲分布比较密集地方的山洞进行考察。县文物管理所也把谢广维研究员在娅怀洞发现石器这一线索告知了王頠。于是，娅怀洞成为王頠馆长一行考察的第一个山洞。当时有一位博浪村村民正利用娅怀洞来养鸡，洞口堆了一些杂木，洞中还有许多水桶、盆等杂物。考察小组在洞口的浮土上轻易地就捡到了很多螺壳、蚌壳、石器、砍砸器，合计80余件，大家都很兴奋。王頠馆长据此判断这个山洞有东西，值得深入研究，便建议县文物管理所前去试掘一下。后经过试掘，县文物管理所人员仅在洞口的干扰层部分就发掘出了200多件文化遗物。2015年1月，自治区党委常委、自治区政府副主席唐仁健等领导到隆安调研后提出，隆安是"那文化"集中展示的中心，应该加以打造。5月，为配合广西"那文化"课题研究，广西文物保护与考古研究所的谢光茂研究员来到隆安，当他看到在娅怀洞试掘回来的200多件文化遗物后，立即向领导汇报立项，并会同隆安县文物管理所开始对娅怀洞遗址进行科学考古发掘。

2016年7月我们到隆安时，娅怀洞的考古工作依然在紧张地进行。谢光茂研究员告诉我们，目前已发现了两处用火遗迹，出土了石器、人骨、兽骨等各类遗物约两万件，在洞的下方又发现了子洞，还需要进一步发掘。仅就目前来看，娅怀洞遗址堆积深厚，文化内涵丰富，遗物众多，延续时间长，包含了新、旧石器时代不同时期的文化遗存，特别是石制品数量巨大，文化面貌独特，对于研究广西地区史前文化具有重大意义。通过考古发现，将稻作文明起源的年代大幅前推，自然是隆安人的期盼。通过交流我也看得出，对于娅怀洞遗址的考古，隆安地方领导特别关心能否发现"稻"的元素。不知是不是这个原因，谢光茂研究员特意从北京请了从事科技考古的学者来此采样做科学化验。2017年3月底去隆安时，我向一位文体局领导问起娅怀洞"寻稻"的进展，他颇有些遗憾地告诉我："考古报告还没出来，不过据说娅怀洞好像是两万年前的古人类遗址，虽然找到了水稻的成分，但仅仅是明代的。"

娅怀洞考古发掘历时两年多，最终于2017年9月28日，考古队在隆安县召开发掘成果汇报会，谢光茂研究员向在座的专家公布了一系列考古发现。娅怀洞遗址是一处跨越新、旧石器时代的史前文化遗存。根据地层的叠压关系及出土遗物的特征，娅怀洞出土的文化遗存大致可以分为4期。根据碳十四测定，各期年代分别为距今40000—30000年、25000—20000年、16300—16200年和5000—4000年。遗址文化堆积厚达5米，时间跨度从4万多年到几千年，表明从旧石器时代晚期开

谢光茂研究员展示出土文物（何宏生摄）

始到新石器时代晚期，都有史前人类在这里活动。这一发现似乎验证了众人之前有关先人居住于此的猜测，为寻找大石铲文化主人的"家"带来了希望。

此次发掘分为A、B两个区，总揭露面积约28平方米。地层堆积厚达八九米，其中文化堆积厚度约5米，可分为32层。考古结果中，有两个重大发现特别引人注目。其一，是在B区地层的第八层出土一个人头骨化石，距今1.6万年。该头骨化石是华南地区迄今为止所发现的唯一一具有确切地层层位和可靠测年的完整头骨化石，而且已成功提取出DNA，这对于研究晚更新世早期现代人群的多样性、人群的迁徙与交流以及本土民族（壮族）的起源具有重大的学术价值。其二，便是隆安人最为关注的稻类遗存问题。最终的考古发现结果远没有之前文体局领导告知的那么不理想，而是应该说远远超出人们想象的"理想"。考古工作者在A区经浮选发现了半粒炭化稻，在B区地层的第二十一层发现了疑似水稻植硅体，年代为距今2.8万年。"目前世界上发现最早的稻类遗存为1万多年前，而娅怀洞遗址发现的2万多年前的疑似水稻植硅体，为寻找两三万年前的水稻（野生稻）遗存带来了希望。"10月底，隆安传来消息，疑似水稻植硅体最终得以确认，年代为距今1.6万年，为迄今为止世界上最早的人类利用野生稻资源的证据，为古代人类利用野生稻的历史提供了珍贵的实物资料，同时也为探索栽培稻的驯化过程提供了线索和思路。2018年1月，在北京举办的中国社会科学院考古学论坛上，"中国社会科学院考古学论坛·2017年中国考古新发现"揭晓。广西隆安县娅怀洞遗址在全国众多参评考古项目中位列第七，入围"中国社会科学院考古学论坛·2017年中国考古新发现"。

娅怀洞遗址入围"中国社会科学院考古学论坛·2017年中国考古新发现"（隆安县文体局供图）

与我们对于石铲的"小寻宝梦"相比，找寻"稻源"的考古证据可谓是隆安人的"大寻宝梦"了。隆安悠久的"那文化"，一直以来被专家认为尚缺少强有力的考古发现来支撑。娅怀洞水稻植硅体的发现，不仅为隆安"那文化"增添了浓墨重彩的一笔，对中国乃至世界稻作文化的研究无疑也具有重要意义。随着相关专家进一步的深入研究，娅怀洞遗址的学术及实际应用价值必然日益凸显，进而为隆安"那文化"的保护、传承及利用带来深远的影响。

百岁老人的记忆

08

在附近的一处矮小平房（村委会专门为安顿五保户老人建设的）前，见到了在此乘凉的李美杏老人。老人身材矮小，衣着干净朴素，行动利落，谈吐清晰。若不是雷老师引见，我们还真不敢相信眼前这位精神矍铄、耳聪目明的老人已是年过百岁……

## 一、九门桥的鱼

隆安县作为壮族的聚居区，同许多少数民族地区一样，存留的历史文献并不多。要探究"那文化"，做一些口述历史的工作就显得尤为必要。2016年7月10日一大早，在雷老师的陪同下，我们驱车赶往乔建镇鹭鹚村考察，同时去拜会该村的一位百岁老人——李美杏。

鹭鹚村最知名的是一处横跨罗兴江的"鹭鹚九门桥"，为县级文物保护单位。该桥始建于明代天启六年（1626），直至中华人民共和国成立前一直是罗兴江两岸群众的交通要道。

罗兴江的鱼虽然大多不重，却因其肥美和鲜香而闻名全县，与之相关的村落中，最有代表性和故事性的就是鹭鹚村了。据民国《隆安县志》记载，"鱼类群集于此（九门桥处）"。究其原因，自古当地人就将其归功于"沉香木"的存在。清乾隆年间进士、古潭乡马村人马延承在他的诗篇《九门桥》前面所作的题解就说："九门桥，一名鹭鹚桥。相传此处波底有沉香木，鱼食之，故其味异于他所。每岁佳节，邑令必躬至河干，集渔人捕之。"1987年出版的《隆安县民间故事集》也收录了一则题为《驮兴的鲮鱼特别香》（壮语"驮"就是河，"驮兴"就是罗兴江）的民间故事，说的也是罗兴江鹭鹚村段的沉香木，摘录如下：

清朝时代，隆安县鹭鹚村有一个神社，据说很灵圣，凡新县官到任，都要去奠拜一下。一次，有一位县官到任，照例去拜。当地村民特地备办筵席招待他，他们杀了许多鸡鸭，拿到驮兴去开膛清洗内脏。杀鸡鸭的人，见有一根木头浮到岸边来，停止不动，他就把鸡鸭搁在那根木头上，继续清洗。洗毕拿回来煮吃，觉得肉和汤都比平时的香，个个称奇，询查原因，疑是厨师放了什么特制的香料，厨师说没有，只不过是平时的作料罢了，大家都不解其谜。后来有个清洗鸡鸭的人说："我们在河边搁放鸡鸭的那一根木头，也许是香木吧！"又有人说要找那根木头来看看是不是香木。于是，派了几个人去看，他们到了河边，见那根木头漂浮在河心，便泅水过去看。说来也怪，那根木头好像懂人心似的，有人向它游来，它也向前漂流而去，人快游，它快漂，人停，它也停，引得那些人又奋力追去，眼看着快追上，正要伸手去抓，不料那根木头竟迅速沉入水底，不见了踪影。几个人空手而归，据实以告，大家都引以为奇，并判定那是根沉香神木。从此以后，在那段河里捕获得来的鲮鱼，就都特具香味。

正是因为沉香木故事的广为流传，至今隆安的市场，经常会有鱼贩说他的鱼是鹭鸶村的鱼，有时还特别强调说是九门桥的鱼。罗兴江鱼类资源丰富，据鹭鸶村村民回忆，在20世纪50年代，农闲的鹭鸶村人随便到罗兴江里撒上几网，便能捕到十几二十几斤鱼，足够一家老小吃上个把星期。为了储存这些河鱼，鹭鸶村村民就把已除去内脏的鱼放在烟灶上慢慢熏烤，直至干熟。因为量大质优，"鹭鸶鱼干"一直都是远近闻名的特产。在以前某些场合，"鱼干"甚至成为鹭鸶村的代名词。罗兴江的鱼类不仅满足鹭鸶村自给，据民国《隆安县志》记载，还有不少外村人前来捕鱼，村民还能够从中获取额外的收益，每百斤鱼抽成一般为30～50斤。

## 二、百岁老人

我们开车驶进鹭鸶村后，路过一家士多店，在雷老师的建议下，我们买了两斤简装挂面作为送给老人的"见面礼"。本地人以米饭为主食，在生活尚不富裕之时，吃一餐面粉做的挂面也算是改善生活，所以走亲访友时常常会选择挂面作为礼物。因为并没有预约，我在路上还担心会不会扑个空，没想到十分顺利地找到了老人。我们在鹭鹚村村委会前的广场停了车，在附近的一处矮小平房（村委会专门为安顿五保户老人建设的）前，见到了在此乘凉的李美杏老人。老人身材矮小，衣着干净朴素，行动利落，谈吐清晰。若不是雷老师引见，我们还真不敢相信眼前这位精神矍铄、耳聪目明的老人已是年过百岁。大家落座后，雷老师做翻译，我们便对老人进行了访谈。

李美杏老人出生于1914年农历十月初一，虚岁已是103岁，可谓是一部活的地方史。说起来，老人也有些苦命。她是南圩镇连安村人，小时候父亲有痨病，她13岁的时候就开始干重活，如挑些粮食、蔬菜去南圩街上卖。她16岁时嫁到了鹭鹚村，当她22岁时（此时已经有一个3岁

在鹭鹚村采访李美杏老人（朱嫦巧摄）

的女儿），丈夫当兵去了，自此便杳无音信。后来老人也未改嫁，一人将女儿拉扯大。好在后来女儿嫁给了本村的男子，在身边也有个照应。女儿现在也80多岁了，老人至今已是五代同堂。老人笑着说："我的一生就像吃甘蔗一样，开始吃的是尾巴，没那么甜，现在越吃越甜，到了老年，日子越过越幸福。"这种知足常乐的心态，想必就是李美杏老人长寿的缘由吧！

过去，老人的家庭算中农，有大约15亩的地，水田和旱地各占一半。水田都是种水稻，每年一造，丰年的时候产量一亩有四五百斤，水稻收完便种小麦。旱地则是玉米和大豆轮种。

鹭鸶村的灌溉依赖于邻近的罗兴江，中华人民共和国成立前水田的灌溉状况采访记录如下：

李（雷老师翻译）：那一片水田，都是你一片，我一片。用水车引水能灌溉，都是大家一起做。因为踩水车的体力活比较繁重，男人主要做这个活，女人就清理水渠。另外，还需要一些费用来制作和修理这个水车。大家就拿米或钱来集资做这个事。按田亩数来计算，亩数多就要多出些，亩数少就少出。

问：像你们家，8亩地大概要出多少米或钱？

李：8亩水田，大概一年用50个银圆（雷老师解释说，应不是真正的银圆，可能是铜钱）。当时的30个银圆可以买一斤猪肉，8亩水田的费用大概是两斤肉的钱，每户人家还要出劳力。

问：水车的制作安装，一般是什么时候做这个活？

李：春节一过就去干这个活。初三大家就开始分头上山砍木条，做水车用的"鹰爪刺"（当地山上全身长刺的灌木"马甲刺"是制作筒车转轮首选的材料，老人们称其为"鹰爪刺"）。筒车是几家一起合造，根据水田的多少分配劳力负担。农历四月，就开始到河边安装筒车准备灌溉水田，有句俗话就叫"四月做辘，田水不枯"。男女都去的，男的就安装水车，女的就疏浚水渠。

问：取水有远近，村民会不会因此发生纠纷？

李：基本上都没有什么纷争。在水头的，先取水，满了就到下一户。由远及近，一户一户来。

除了种植，老人家里还有些养殖。老人说："养猪大概一到两头。鸡是平日养两三只母鸡，这样一年下来大概有二三十只鸡，够平时所需。鸭也有十几只，稻田的秧苗壮了，也会放鸭子进去。播了小麦之后，鸭子基本都在水塘里。养的鸡鸭一部分是要在节日吃，比如昨天（六月六），因为要请客人来，用得比较多，其他的节日也都用。"

## 三、稻神祭传承人

稻神祭作为隆安"那文化"的重要载体，在旧时代究竟是何种状况呢？对于此问题，我有浓厚兴趣，便向李美杏老人了解相关情况。

问：六月初六驱田鬼的仪式，当年有没有？

李：六月六的时候，拿个幡插到田头，再拿上鸡、猪肉、香烛到田头去，然后祭拜。

问：大概什么时间去田里？

李：每家每户都不太一样，有的起得早一些，就做得早一些，有的就晚一些。各家各户就到田头去祭拜，祭拜回来就弄吃的，就请自己的亲戚朋友了。

村民到田间驱赶田鬼（骆越文化网供图）

问：就是百家宴？

李：不叫百家宴。就是祭田神之后，回来就弄吃的。以前请的基本上是亲戚，像我的姐妹这些人，朋友不像现在人这么多。

问：村里有没有庙，祭拜的是什么神？

李：庙，每个村、每个屯都有，六月六每家每户也会到庙里去祭拜。不清楚庙里面的是什么神，一天都在忙着干活，家里劳力不多，所以也不清楚是什么神。那时很辛苦，因为丈夫不在家，鸡鸣就起来犁田了，犁田回来又得去做放牛、种田这些活。

可见，稻神祭在隆安民间的传承情况，恰如雷老师在《壮族稻神祭研究》一书中所言："（稻神祭）是全民参与的一种普遍活动，也可以说参加活动的每一位壮族同胞都是其传承人。"

## 四、南圩亥日

李美杏老人是南圩镇人，因此她也提及了不少年少时候的南圩记忆，我便记下了这个地方。雷老师告诉我，南圩，一些宣传说是因为在县城之南得名，这是不对的，"圩"是壮族群众进行产品交易的场所，"南"在壮语中是热闹的意思，南圩也就是"热闹的圩市"之意，可见南圩自古就是一个商品交易的热闹圩市。"南圩亥日"作为自治区级非遗项目，雷老师建议我一定要去看看。

南圩亥日，即为南圩牲畜市场交易日。该市场是专事猪、牛、马、鸡、鸭甚至包括农具的圩场。南圩牲畜市场是自发形成的，其形成时间未见文献记载，据说也曾几度搬迁，现位于南圩镇政府对面，占地面积30余亩。牲畜市场另有一圩期，为12天一亥，当地人将这一大亥称为"亥日"。1996年以前，南圩亥日为12天一亥，之后则改为6天，至今是6天为小亥、12天为大亥的圩期。"亥日"这

看看哪头牛更好（何宏生摄）

一民间集日，是隆安县境内最大的圩场集镇日，一度也成为桂西南最大的牲畜专业交易市场之一。每逢"亥日"，前来赶集的当地农民络绎不绝，人数多时据说可达两三万人。

2017年3月31日，雷老师驾车带我们来到了南圩牲畜交易市场。在门口，有两块石碑，分别写着广西、南宁非遗"壮族亥日传承基地"的字样。当天并非亥日，进入市场，空荡荡的，只见有上百棵高大的柠檬桉树，这些树都是亥日时拴绑所要交易的牛、马等牲畜所用。一些精明的农户还在树干上贴了有大幅彩图的"售牛广告"。每一棵树离地一米多的位置，勒痕都十分明显，树干已经成了深褐色，就连几根电线杆也都是这派景象。在市场的一些低洼处，车的轧痕多且明显，由于天下着雨，里边积满了水。在林子的中央，有一处石砌的大台子，成大约30度的倾斜，台面用水泥铺平。雷老师告诉我，这是牲畜装车用的，有一定的倾斜度便于把牛马牵上车。面对空荡荡的市场，我们只能想象其热闹的交易场景了。

市场地势较高的一角，有一所驾校，不时有教练车在路上行驶，这可能也是交易市场没落的体现吧。缘何如此？雷老师告诉我，主要是因为现在各家各户散养牲畜的少了，大规模养殖的也有较多的销售渠道，甚至是直接网上联系买家就行了，大多不需要来这里交易了。

距离市场门口较近的一处水泥地面，是亥日时摆摊售卖餐饮的地方。水泥地面旁边的大树下，我们发现有一个陶罐，看上去有些年头，却没有破损，里边有半罐子的雨水和树叶，估计是丢弃在此许久了。它虽然是一个静物，却不知见证了这个牲畜交易市场多少年的风风雨雨。我就职的历史系这几年筹建了岭南文化遗产保护实验室，一直在丰富藏品，这个陶罐不恰恰就是我们需要的"展示岭南地方文化"的藏品嘛！在另一片林子里，我们又发现了一个破旧的小板凳，一条凳子腿已经

"残疾"了，它是供不知多少前来交易的农人歇息的坐具。于是，我们找来一些旧报纸，小心地简单清理这两个老物件，并包起来，放到汽车后备箱"占为己有"了。后来回到住处，学生怕物件上带有牲畜的粪便味道，用水清洗了多次。返回广州后，将它们放到了实验室，成为带有一段故事的"藏品"。

徐霞客 11 日的逗留

09

明崇祯十一年（1638）农历十一月下旬，徐霞客考察了太平府向武州（现崇左市天等县一带）的百感岩、琅山岩等名胜之后继续东行，准备前往都结州（现隆安县都结乡）。十一月二十一这一天，天气阴沉后有雨，一直等到中午，驿站派出的"夫"（指挑夫或轿夫。因粮食、衣物、书箱过多，徐霞客在广西考察时，多通过官符获取"马牌"和介绍信，在驿站食宿，并由驿站派出轿夫）才姗姗而来，结果还少了一个，又等了许久才出发……

## 一、徐霞客与"夫"

隆安县地处南越，古代为"荒蛮之地"，大人物鲜有来此。说起与古代名人的瓜葛，排第一位的应是王守仁，隆安因他而设县。第二位的话，我想应是明末大旅行家徐霞客了。我们第一次来隆安，在龙床渡口（地处渌水江与右江交汇处，民国以前为隆安中部重要交通渡口），因徐霞客曾路过此处，黄书记以此为引线，绘声绘色地为我们讲述了徐霞客的隆安之旅。我的硕士论文便是研究徐霞客旅行线路相关的内容，对其游记有粗略的了解。我一直认为《徐霞客游记》是一本比较严肃的田野考察笔记，怎么可能这么有"故事性"呢？回到广州后，我找出了书柜中的《徐霞客游记》，细细研读了隆安游记部分，结果证明我真的错了，徐霞客与隆安的故事可以说比黄书记讲得还要精彩。

明崇祯十一年（1638）农历十一月下旬，徐霞客考察了太平府向武州（现崇左市天等县一带）的百感岩、琅山岩等名胜之后继续东行，准备前往都结州（现隆安县都结乡）。十一月二十一这一天，天气阴沉后有雨，一直等到中午，驿站派出的"夫"（指挑夫或轿夫。因粮食、衣物、书籍过多，徐霞客在广西考察时，多通过官府获取"马牌"和介绍信，在驿站食宿，并由驿站派出轿夫）才姗姗而来，结果还少了一个，又等了许久才出发。

都结田园风光（一）（何宏生摄）

走到佶伦（今崇左市天等县结安村）的一个村时，众轿夫竟然哄然而去，好在他和随行的顾姓仆人抓住了一名跑得慢的轿夫，将其捆绑了起来。一位年长的文化名人面对这些不讲道理的轿夫，也不得不做这种抓人的"体力活"，这种场景真是让人难以想象。当地的一位老人见状就说，廖姓的铺司（指驿站主管人员）外出了，他可以帮忙寻找轿夫。老人告诉他，此地前往都结的行程需要一天时间，明天才可以出发。徐霞客不得已，听从了老人的建议。等他检查行李，发现在镇远（今天等县进结镇）获赠的两只鸡不翼而飞，于是他拒绝释放那个轿夫。直至两位村民同意帮忙找回那两只鸡，徐霞客才释放了那个轿夫。第二天早饭后，村民如约送来了两只鸡，只不过比之前的要小很多。等到新的轿夫前来，徐霞客继续出发，不承想还是重复了前一日的遭遇。在一个名叫陆廖的山村，轿夫趁着人多眼杂，再一次哄然而去了。徐霞客还是又抓了一个轿夫，将其捆上。但这个轿夫大呼小叫，想找陆廖的村人前来搭救。逃走的那些轿夫也爬上山顶，"遍呼村人"。直至中午，各轿夫才回来，继续东行。十一月二十三，上午赶路，下午轿夫又少了3个，众人进山寻找，不得行。

　　十一月二十四，等到出发之时，众轿夫又不肯前往都结州，态度相当强硬。徐霞客估计他们与都结人有仇，强求也不成，于是在辛辛苦苦走了4天后，又在一天时间内步行40多里路返回了出发地，准备选择另一条路再次前往都结。十一月二十五，又是倒霉的一天，为了等轿夫，徐霞客从凌晨拖到下午才启程。走了10里路，到了一处山麓，众轿夫又故伎重演，"哄然遁去"，行李也被扔到草丛之中。此时，已是傍晚时分。徐霞客留下顾仆看守行李，走了1里多路回到了佶伦的那个村，并找到了十一月二十一见过的那个老人的家。此外，徐霞客又找到一位住在此地的客人，这样顾仆、老人及其儿子、这位客人再加上徐霞客共5

人费了很大功夫，才把行李取回。十一月二十六，轿夫迟迟来不齐，因为行程需要一整天时间，徐霞客只好在附近考察。但因为饮食不洁，再加上多日的折腾，徐霞客的手疮病再次复发。

## 二、52岁的生日

十一月二十七，是徐霞客52岁的生日。经过一日的赶路，徐霞客终于抵达了都结州的治所，进入了现今位于隆安县西北角的都结乡地界。原本只需一日的行程，徐霞客却因为要费心费力地与狡猾的轿夫斗智斗勇，整整花费了6天时间。让我们不禁感叹，300多年前徐霞客的野外考察是多么的不易，不仅需要强健的体魄，还需要足够的智慧和强大的精神力量支撑。在都结州的治所，徐霞客也未得到善待。铺司态度"狞甚"，不肯接待他。徐霞客又想起路上轿夫的数次失约，忍不住感慨为何遇到的人都是如此"恶劣"，"何触处皆穷也"。这个生日，徐霞客在都结过得并不愉快。

需要说明的是，徐霞客的轿夫乃驿站安排，照理中途也会不断更换。因《徐霞客游记》未交代清楚，尚难以判断轿夫的"劣迹"是同一批或多批轿夫所为。无论真相如何，因为徐霞客前往隆安途中与"夫"之间的这段纠缠，前些年在徐霞客研究界还掀起了一场风波。2007年有学者撰文称，这是徐霞客的"劣迹"，他一副"老爷大人"的派头，凭借地方官给他的"马牌"随意支使大量村民为他服务，并没有关心民众疾苦。徐霞客的家乡——江苏省江阴市的陈锡良先生2009年专门写了一篇文章《驳所谓徐霞客的"污点""劣迹"》，一一驳斥所谓徐霞客的种种"劣迹"。我基本赞同陈锡良先生的观点，但就"徐霞客把轿夫捆绑起来"这点存疑。《徐霞客游记》提及徐霞客两次将轿夫"絷之"，

都结田园风光（二）（何宏生摄）

陈锡良认为，只是拉住不放，体弱多病的徐霞客没有能力捆绑轿夫。但是徐霞客拉住轿夫不放也有难度，因他并非独行，尚有随从顾仆这个年轻人，"捆绑"应该说是完全有能力的。即便是顾仆"拉住不放"，长时间下来恐怕也很难保证轿夫不逃走。当然，"捆绑轿夫"也不能称之为"劣迹"，只能说是徐霞客与轿夫斗智斗勇过程中一种迫不得已而为之的手段。这正是大家对《徐霞客游记》相关记载理解的见仁见智之处了。

十一月二十八，都结甚是寒冷。早上的徐霞客心情与天气一样糟糕，铺司没有提供早饭。上午只弄到了两碗糙米饭，"无蔬可下"。午后，铺司为考察徐霞客是否"货真价实"，以"马牌"相要挟，对他说："既为相公，请以文字示。"徐霞客推托说手头没有文章，将一首诗作给了他，铺司乃去，但后又返回两次，分别带来了地方官的两个题

目来考他，分别是"有德者必有言，有言者亦必有德""子路拱而立，止子路宿"。徐霞客虽然觉得这种事情"无聊甚"，但人在屋檐下，也只能"倚筐磨墨"，写了两篇"命题作文"予以答复。以徐霞客的水平，自然通过了"考试"，晚餐有了牛肉。晚上徐霞客睡下之后，有地方官前来，向他交代了第二天的行程，并令铺司为其准备早餐。

十一月二十九，名曰农国琦的都结州州主亲自接待他，并一同骑马游览了都结的山水。翻山越岭之时，农国琦的坐骑"腾跃峻石间，有游龙之势"。在一处名叫相村（今南圩镇爱华村内厢屯）的地方，有一处鱼塘。农国琦与徐霞客坐在一茅寮处，观看一干峒丁（明代对壮族村民的统称）撒网捕鱼，但捕到的鱼不多。后来，峒丁们赶来几十头牛，让它们在水塘里肆意"蹂践"。等水已经浑浊不堪时，峒丁再次撒网，又捕得一些鱼。厨师将所捕获的大鱼"细切为脍"，放到大碗中，再用葱、姜、盐、醋搅拌，这也就是现在隆安各地仍多见的美味——鱼生，当地人也称"鱼鲙"。如在城厢镇东安村板蔡屯，农历的八月十四至今仍有过"鱼生节"（为县级非物质文化遗产项目）的习俗。这一天，嫁出去的姑娘都会赶回来吃一餐丰盛的"百鱼宴"，而鱼生便是主打菜。尽管农国琦等人"以为至味"，但徐霞客接受不了这类生食，"不能从，第啖肉饮酒而已"。傍晚，徐霞客等向西行5里到了那峇村（原属都结乡三乐村一带，因村民搬迁现已不存），在一处茅架（山区的干栏式房屋），农家宰猪杀鸡，"献神而后食"，餐桌上仍有鱼生。

隆安的鱼生（何裕摄）

十一月三十，徐霞客作《骑游诗》两首给了农国琦。徐霞客前日见过的一位南宁生员写了一篇文章（写的是前一日的游历，徐霞客猜测是农国琦让他写的），带给他指正。徐霞客看了文章，认为"毫无伦次"，很是看不上眼，而该生却不同意徐霞客的意见，自负地认为是佳作。等到了农国琦处，农国琦也果然识货，对徐霞客说："这个南宁生员的文章，不成文理，还当佳作示人，这次应当自知丢人而离开此地了。"晚上吃大餐，饭后农国琦向徐霞客讲了堂兄农国瑚诬告他的事情，请求他代作一篇申诉状。十二月初一，徐霞客本来准备继续行程，无奈州主强留他写申诉状，只能多留一日。

## 三、滞留隆安

有了州官的资助支持，徐霞客的隆安之行就顺畅了许多。十二月初二离开太平府，顺利抵达了当时的南宁府隆安县地界。隆安的山体矮小很多，"高下顿殊"，民居也与土州府县地区不同，有了瓦房。初三，徐霞客到达了隆安县城。恰巧何姓的县令因为被人控告，前往南宁述职了。此时，徐霞客的手疮病再次复发，同时也为了不烦扰"县夫"，便让顾仆去县驿站折现了"骑银"，预定了一艘前往南宁的船，待第二天乘船东去。晚上住宿在今天县城的陈韦一带。初四，所定的船忽然改期，初八才能够出发，再加上疮病痛苦，徐霞客只好在右江的小船上度日。时值冬天，隆安天气寒冷，徐霞客情绪颇为低落，笔下的情形是："阴云黯淡，岁寒荒邑外，日暮瘴江边。"

十二月初五，徐霞客听从顾仆的建议，决定不再等船，去县城找轿夫走陆路。初六，县里安排了轿夫，便自县城沿着官道（现存约1000米，宽约2米，青石板铺设路段约50米）南行，途经3条东流汇入右江的溪流。3条溪流上各有一座石桥，当地人称一、二、三桥（《徐霞客游记》有载三桥，名曰广嗣度桥）。随着隆安县城镇化建设的推进，一桥、三桥已经被拆除，只留下了建于明万历年间的二桥（为料石单孔拱桥），供忙碌的村民通行。上午，徐霞客游览了隆安名胜金榜山，中午在今天乔建镇的博浪村吃了午饭。后徐霞客继续南行，路过了龙床渡

徐霞客走过的官道（黄连芳摄）　建于明万历年间的二桥（黄连芳摄）

口，途经今天的那重村，晚上宿于那桐，第二天便离开了隆安县地界。

　　自52岁生日进入隆安界直至离开，徐霞客在隆安共计停留了11天的时间。因轿夫作祟，他前来隆安的途中充满了困难和曲折，又因为船家失约、身体抱恙在隆安不情愿地多待了几天。也正是因为这几日的滞留，为隆安留下了2000余字的珍贵记录，这既包括翔实的金榜山游记，又包括其他地情、民情等内容。尽管徐霞客的隆安之旅并不顺遂，且过了一个糟心的生日，但对隆安而言，不可谓不是一种"幸运"。

## 四、干栏式房屋

　　干栏式房屋是山区壮族先民的民居形态，梁庭望先生也曾说，"适应饲养耕牛和储藏稻谷的干栏式建筑"是隆安县浓郁稻作文化氛围的一个重要体现。《徐霞客游记》的隆安日记部分，便形象记载了都结土州府县地区的干栏式房屋及居住在此的壮族先民的生活状态。"土人俱架竹为栏，下畜牛豕，上爨（爨指灶台）与卧处之所托焉。架高五六尺，以巨竹捶开，径尺余，架与壁落俱用之。爨以方板三四尺铺竹架之中，置灰蓺火，以块石支锅而炊。锅之上三四尺悬一竹筐，日炙稻而舂。舂用巨木刳为小舟形，空其中，以双杵捣之。"我虽然在百色市的那坡县见过此类房屋，但也特别好奇在隆安还能否见到徐霞客笔下的这类传统民居。

第二次赴隆安时，我向雷老师咨询哪里还有徐霞客笔下描述的干栏式房屋。他告诉我，隆安的许多山区都存留有老式的干栏式房屋，这些地方大多是玉米种植区，稻作区的话，在雁江镇那朗村还保留有不少。2017年3月30日午饭后，我们便启程前往那朗。一路上依山造势的水田一层又一层，形成小型的梯田，田间偶见默默耕耘的老牛，更多的则是

雁江镇陆隆村的干栏式房屋（何宏生摄）

那朗的秧田（赵飞摄）

"小金牛"。这里正值育秧的时节，嫩绿的秧苗正在塑料薄膜秧棚里茁壮成长。不知翻过了多少山、路过了多少梯田后，我们来到了那朗村。那朗村景色非常美，一间挨着一间的红砖房倒映在村口清澈的池塘水面上，一位奶奶正蹲坐在池塘中的小石板桥上，清洗着育秧用的塑料布，整个场景温馨静谧。走进村子，雷老师先是找到了72岁的陆忠德先生。他祖上留下来的老房子是村里最豪华的，是清末或民国初年的建筑，现已经无人居住。房子分两层，宽阔高大，墙体由灰砖砌成。在低矮的第一层，存放了很多木头。我对建筑学一窍不通，不知还能否称之为干栏式房屋，大概可以称之为改良版。房子的木门至今保存完好，陆先生告诉我，材质是铁力木（为国家二级保护植物），"把门拿下来去卖的话，一万多块都有人要。"

随后，我们在村子里走了一圈，又见到了二三十座类似的老房子，大多建筑样式与陆老先生家的相似，但低矮一些。这些房子最大的差

那朗的干栏式房屋（赵飞摄）

异体现在正面墙体的设计上（不少正面墙体为木板材质，另三面为砖砌）。有一座房子，仍然有人居住。一层及门外放置了农具（包括手扶拖拉机）、木柴、化肥等，门前的空地上种了些蔬菜。二层是卧室，外面的走廊上也满满当当，墙上晾晒了一些作物。本想做些访谈，可惜未见到屋里有人。一处位置较好的房子，不知是否经过改造，一层较其他人家高一些，主人在此开了一家百货店。门外用石棉瓦搭建了凉棚，有七八个村民正围坐在这里打麻将。

老房子中的百货店（赵飞摄）

我惊喜地发现，有3座房子完全是木架构的，二层的走廊四周为木制的围栏，有木梯与地面相连，房顶覆盖着旧式的青瓦，想必完全符合干栏式房屋的标准了。房子除正面用木板外，其余墙体涂了一层泥，但年代太久，许多泥已经脱落，露出了里边用竹篾子编制的墙体。可惜这些房子已经破败不堪，无法上去看看房屋内的情形。

那朗村山清水秀，古迹众多。走在街道上，会看到结群嬉戏的小朋友、悠闲散步的大公鸡、干栏式的老房子、民国时期修建的炮楼、宽阔的一塘清水……这一切都让我这个外来人感到无比惬意。如果将村中老房子加以修葺，改造为民宿，再对村落整体环境加以优化，我相信那朗村必将成为一个远近闻名的"美丽古村落"旅游目的地。

**树叶做染料的五色饭**

10

五色饭是五色糯米饭的俗称，又称乌饭、青粳饭或花米饭，因糯米饭呈黑、红、黄、紫、白5种颜色而得名，色彩鲜艳诱人、飘着淡淡植物幽香的五色糯米饭自古就是广西人三月三离不开的特色美食，被看作吉祥如意、五谷丰登的象征……

# 一、三月三

制作大米食品是隆安壮族人的特长，经过漫长岁月的积累，已经形成了12个系列100多种精美的大米食品（表4），甚至一些地方也因大米食品而生。丁当镇的丁当街，原名"登昌街"，于清道光年间改名。原先此处并无村落，仅有一个渡口。古时候，东三村（今丁当村东三屯）有个船夫名叫劳登昌，他除了摆渡外，还在河的西岸开设粥摊，以方便华岳、定坤的群众前来赶圩（俭安村岜独圩），生意十分红火。后来赶圩的人们觉得渡口挺热闹，干脆把土特产摆在粥摊附近卖，因而渡口人气骤增，渐渐便成了圩场。后来当地人便以劳登昌之名来命名此地，称作"登昌街"。

表4　隆安县大米食品一览表

| 序号 | 系列 | 举例 |
|------|------|------|
| 1 | 米饭 | 白干饭、糯饭、蒸饭、豆饭、五色饭、竹筒饭、菠萝饭、南瓜饭、田螺煲饭、紫米饭、捞饭等 |
| 2 | 米粥 | 白粥、紫米粥、肉末粥、肉末茴香粥、螺蛳粥、糖粥、鱼粥、大米玉米粥、鸡肉粥、菜粥、绿豆粥、饭豆粥等 |
| 3 | 米粉 | 汤粉、炒粉、卷筒粉、鱼生粉、肉丝粉、酸粉、螺蛳粉、榨粉、三鲜粉、老友粉等 |
| 4 | 米糕 | 沙糕、油堆、炸糕、素米糕、油团、五色糕、炸素糕、糯米甜食、红糖椰浆糯米糕、糯米褐糖糕、黑方糕、千层糕、红糖糯米糕、糯米芝麻年糕、糯米方糕等 |
| 5 | 米花 | 爆米花、炒米花、糖米花、阴米等 |
| 6 | 粽子 | 驼背粽、锥粽、牛角粽、黑糯粽、稻秆灰水粽、枕头粽、状元粽、马杆脚、亚塔椰叶粽等 |

| 序号 | 系列 | 举例 |
|------|------|------|
| 7 | 糍粑 | 圆饼糍粑、三角糍粑、藤粑、褡裢粑、方粑、油团粑、糯米糯玉米粑、锥子粑、饵块粑等 |
| 8 | 汤圆 | 汤圆、元宵、方元宵等 |
| 9 | 米饼 | 各式月饼、米饼、食撒拉、米粉馅饼、糯米薄饼等 |
| 10 | 米肉 | 酢肉、米粉肉、腌酸肉、腌米粉肉、腌酸鱼等 |
| 11 | 米酒 | 米酒、糯米酒、甜酒、公鸡甜酒、蛇酒、蛤蚧酒等 |
| 12 | 灌肠 | 龙棒、灌猪肚、米肉腊肠等 |

资料来源：梁庭望. 略论隆安在中国稻作文化中的地位. 创新，2012（3）；隆安县文体局"那文化"展示厅。

　　梁庭望先生曾指出，隆安县具有浓郁的稻作文化氛围，其中一个重要的体现便是"所有节日都必须以大米食品敬神的习俗"。若论最具代表性的敬神的大米食品，则非五色饭莫属了！

较为罕见的有蓝色的五色糯米饭（黄连芳摄）

2017年3月30日至31日，是广西壮族自治区的三月三法定节日，是壮族群众扫墓及开展一系列民俗活动的日子。我便选定此时间前往隆安。我们师生4人决定乘坐动车前往。尽管已经是提前四五天订票，结果还是发现只有一早和下午的车次有站票了，可见三月三对于广西人来说太重要了！不过，买票难反倒是进一步坚定了我前往调研的决心。出发前几天，我和隆安县文体局黄书记取得联系，她很热心地帮忙解决了调研期间的用车、陪同人员的问题，并介绍了隆安县三月三期间的活动安排。据悉，在3月29日，县文体局将在南圩镇更望湖举办"更望湖壮族歌圩"系列群众文化活动。为了尽可能地不错过精彩内容，已经10多年没买过站票的我，决定买早上7点20分的站票。经过4个多小时的路程，11点42分，我们抵达了隆安东车站。

## 二、树叶染料

走出车站，发现黄书记早已在此等候。为了赶上看歌圩，她带我们即刻前往更望湖。路上，黄书记告诉我们，从3月30日起，三月三放假两天，再加上清明节和周末，他们一共休假6天。大家一听，顿时对这广西特色的假期羡慕不已。黄书记介绍说，因为第二天便是三月三，县城路边随处可见兜售制作五色饭的染料。五色饭是五色糯米饭的俗称，又称乌饭、青粳饭或花米饭，因糯米饭呈黑、红、黄、紫、白5种颜色而得名，色彩鲜艳诱人、飘着淡淡植物幽香的五色糯米饭自古就是广西人三月三离不开的特色美食，被看作吉祥如意、五谷丰登的象征。翻一下古籍，也可以验证这一点。明嘉靖四十三年（1564）的《南宁府志》就已有"枫叶染乌饭"的记载。清雍正十一年（1733）的《广西通志》也明确记载："（通省）清明祭墓供乌米饭。"商务印书馆1934年印行的刘锡蕃所著《岭表纪蛮》中较为详细地记载了壮族的节令。"三月三日，以枫叶染糯米曰乌饭，一曰青粳饭。或染五色饭，以祀祖先，男女咸出拜墓。于（五月）二十日前之各日中，择一吉日，为牛魂节。是日，家有若干人，即杀鸡若干只，蒸糯饭，染五色，以大叶合鸡包之，携持至平时牧牛处，俟日午，解包啖食，并分其半饲牛。"由此可见，广西的壮族人在三月三扫墓、五月的牛魂节，都会精心制作五色饭。

听黄书记提及五色饭染料，我便急切地问："如果耽误时间不多，咱们能不能先去县城看一下，我们去拍一些制作五色饭染料的照片素材？"

"不顺路啊，如果这样，咱们又得走回头路，更望湖那边的活动就错过了。咱们回来的时候，在县城看一下，希望还有卖的。"

"明天咱们能不能在县城再拍一下？"

"明天即使有，估计也很少了，因为明天大家已经把五色饭做出来了。"

我安慰自己兼回答说："那明天至少可以看到五色饭的成品了。"

"成品哪一天都有。哎，这里不是市场吗？或许有染料卖。停一下车，下去看看。"原来，正当我深感要错过这一稻作文化素材之时，车辆路过了南圩镇镇区的一处农贸市场。黄书记便指示司机停车，带我们前往看这里有没有卖染料的摊点。一眼望去，在农贸市场门口的两侧，有两个老人各自守着一堆树叶。黄书记赶忙解释说："这就是枫叶，是五色饭的黑色染料。"当时我对五色饭还不了解，一时有些诧异，寻常见的枫叶原来也是食材！进入市场，紧挨门口的左侧，有一位老太太守着一个很大的摊位，摆卖好几种树叶。黄书记一边用壮语和老人交流，一边向我们一一介绍了几种树叶，分别是紫兰藤、密蒙花（当地俗称"黄花"，因开花较早，此时卖的为晒干后的制品）、红兰草。独不见枫叶，我便问："怎么不卖枫叶呢？"黄书记指了一下摊位上的

晒干的密蒙花是黄色染料（赵飞摄）

十几个矿泉水瓶，可以看到里边都装满了有些浑浊的棕色液体。她说："这个就是用枫叶加工好的汁液，两块五毛一瓶，拿回家直接泡米就成黑色了。"黄书记便鼓动我们买一瓶回家尝试做一下。我还是理智地拒绝了，说："我们在这里待几天，又没冰箱，还是算了！"

## 三、五色糯米饭

向市场里边走去，我们又看到了几个摊位卖树叶。我们这些"外乡人"，再加上之前又没有做好"功课"，尽管黄书记和卖树叶的老板们介绍了具体的使用方法，无奈一时消化不了。这天的午饭是在更望湖附近的一家农家乐吃的，饭桌上应景地摆上了五色糯米饭。红、黄、白、紫、黑5种颜色均匀地分列于一个餐盘内，其鲜艳的色彩让其他佳肴顿时黯然失色。在品尝之前，听从文体局同志的建议，我们在上面撒了一些绿豆面。为了鉴定不同颜色糯米的味道，我们几位就按照顺时针方向一一品尝。作为北方人的我，味蕾向来粗放，品尝过后，并未感觉到5种糯米之间有多大的差异，只觉得香糯可口，因掺杂了绿豆面的缘故，还有一点淡淡的咸味。何裕同学是个"吃货"，出门在外时经常发一些美食攻略。她对五色饭的评价也只是"有色无味"。隆安人饮食清淡，重视食材的新鲜与原味，她这位来自贵州的姑娘口味有点"重"，虽名曰"美食家"，想必也鉴定不出五色饭的味道所在了。第二天，我看到了一期电视节目专门介绍如何制作五色饭，特摘录如下：

在农历三月三这个民间传统节日里，很多壮族群众都要做五色糯米饭，用来赶歌圩食用，或作祭祖之用。那么，香喷喷的五色糯米饭是怎么做出来的呢？选好优质糯米，将紫兰藤、密蒙花、枫叶、红兰草用热水浸泡出液，分别拌着糯米，然后合而蒸之，美味就可出锅。染米程序中，枫叶也就是黑色的浸染比较复杂，也最难做。先是把枫叶捋下来，然后捣碎。没有专用工具，就把枫叶放在砧板上，然后用刀背剁碎。随后用水浸泡六七个小时后，用干净纱布把枫叶渣捞起来，把过滤出来的水放进锅里面煮，当水滚烫后，把糯米倒进枫叶汁中浸泡染色，放着第二天早上蒸煮。白色的糯米也要在头一晚浸泡，次日蒸煮。万事俱备，只欠东风。第二天早上，把这些糯米捞起来洗干净滤水，把适量的油盐放进去并搅拌好，后放进洗好的碗里，注意，这些颜色不同的糯米要分开放，不要混在一起哦。如果蒸5斤，蒸一个多小时就可以了；如果蒸10斤，那么大概要2个小时才能熟透。蒸熟的五色糯米饭散发出一种很好闻的植物清香味道，香气弥漫在整个屋子里，让人垂涎。壮乡美食——五色糯米饭就是这样做成的。

用枫叶制作黑色染料（赵飞摄）　　红兰草上可见清晰的白色斑点（黄连芳摄）

　　过了一日，我们第二次来到雁江古镇。在街上，碰巧见到一对母女，妈妈在摘枫叶，女儿则正用一个大木杵在石臼里敲砸枫叶，看来这家人要准备做黑色饭了。我们便抓住机会，拍下了这个劳动场景。

　　我们考察结束回到广州后，4月2日下午，黄书记发来图片，说当天在古潭乡马村考察，发现五色饭的其中一色有蓝色的，她还是第一次见。她费了不少力气才搞明白制作方法，并热心地第一时间告诉我。蓝色饭和红色饭的染料是同一种植物——红兰草。红兰草的叶子有白色斑点，当地人称之为斑点红兰草。用红兰草煮出来的热水泡糯米，蒸出来的就是红色糯米饭。而如果把红兰草放到用稻草灰滤出来的水中，直接揉搓，最后再拿这些水浸泡糯米，蒸出来的则是蓝色糯米饭。不过，稻草灰滤出来的水起初为热水，一定要等其凉至常温后才能用来揉搓红兰草，否则不会变蓝。如果没有稻草灰，用碱水也可以，不过马村人更习惯用稻草灰滤水来做。总体来说，黑色和蓝色的染料制作比较讲究水温，制作其他颜色的染料都可以用热水煮。另外，黄色的染料也可以不使用树叶，隆安当地也有人使用黄姜。可见，在隆安乃至全广西，聪明的壮家人已经将这类食物染料的上色原理研究得十分透彻了！

　　提及染料，我们不禁想起许多食品加工使用的化学染料，是否影响健康也是莫衷一是。而五色饭的染料，均取材于野生植物。根据一些中医学者的研究，这些染料不但对人体无害，相关植物还或多或少有药用价值。五色糯米饭这类色香味俱佳、健康有益的美味，常见于自古至今崇尚中医药的广西壮乡，想来真是再合理不过的现象了。不过，五色饭只是糯米饭的典型代表，在隆安稻作区，一年中的好多节日节气，村里乡亲都会用糯米来点缀生活。春节有大粽子，三月三有五色糯米饭，端午节有三角粽，中元节有绿叶糍粑。农忙过后的霜降，人们又忙活着过小日子了，这个时候喜欢吃裸糍（即不包芭蕉叶的糍粑）。恰如一位雁江人在文章中所言："老家的味道，是糯米香的味道。壮家人，一生都跟糯米有着不解之缘。"

Agricultural
Heritage

隆安的"香格里拉"

11

荞麦，当地人称三角麦，此时正是开花的时节。因为更望湖是一个季节湖，附近的农民只能赶
在雨季到来之前种一季荞麦，从而造就了最美的春景——荞麦花的花海。在地方政府的大力宣
传下，近年更望湖醉人的荞麦花景已不再是"养在深闺人未识"了……

# 一、更望湖

立春过后至农历三月，隆安的农人便开始谋划新一年的水稻耕种，主要农事有翻田、积肥，同时开展娱乐活动，祈求全年风调雨顺，其中最为重要的节日便是三月三歌圩节了。若论隆安县何处的歌圩节最有历史，最为原汁原味，大概就是位于隆安县西部的布泉乡了。明末清初屈大均所著的《广东新语》有载："东西两粤皆尚歌，而西粤土司中尤盛。春歌，正月初一、三月初三。秋歌八月十五。其三月之歌曰浪花歌。"当时广西西部有许多地方实行土司制度，这里就包括原来"西粤"的万承土司，而布泉乡一带就属于万承。三月之浪花歌，根据《中国风俗辞典》的解释，是指农历三月的壮歌，届时百花盛开，男女青年纵情歌唱于百花丛中，因而得名。

更望湖，源自布泉河，是个季节性天然湖，位于布泉、南圩、屏山三乡镇交界处。更望湖被誉为隆安的"香格里拉"，这个变幻莫测的季节湖，在雨季是个大湖泊，湖水清澈，在旱季则变成绿色的大牧场。正是因为更望湖亮丽的山水风光、独有的地理位置，每年的农历三月初四邻近各乡的村民纷纷前来赶歌圩，从而成了隆安县最具影响力的歌圩。陆有作老师是更望湖附近的四联村旧旺屯人，他的说法是："爷爷的爷爷就传下来，说那里年年

雨季的更望湖（黄连芳供图）

对山歌。最热闹的日子是每年农历三月初四，来自隆安县、万承县、养利县（万承县、养利县今属大新县）、天等县等地穿着鲜艳服装的上千群众都到更望湖赶歌圩。"更望湖壮族歌圩，据说传承至今已有500多年的历史，现已被列入广西壮族自治区区级非物质文化遗产名录。

## 二、对歌大赛

　　事先我们已经获悉，农历三月初二，文体局将在更望湖举办一场"壮族对歌大赛"，活动不是民间行为，是全县各地不同山歌队的对决，是为即将到来的三月三隆安县歌圩等民俗活动进行的预热。三月初二的中午，我们抵达隆安后，在南圩农贸市场短暂停留，便直奔更望湖。下午1点钟，终于抵达了细雨纷纷的活动现场。活动在南圩镇四联村与布泉乡龙礼村交会处的约200亩的天然大草坪上举行，旁边是清澈的布泉河，四周是美丽的山景。尽管天公不作美，但活动还是吸引了众多乡亲前来参加。此时，活动虽已接近尾声，正在举行颁奖仪式，但现场仍十分热闹，附近村民及外地游客将舞台围得严严实实。大家都举着手中的相机、手机忙着拍摄。

前来看节目的村民（赵飞摄）

从活动现场可以看出，参加比赛的以老年人为主，有的盛装打扮，身着民族服装，有的穿着朴素，就是普普通通的衣衫。最终，来自城厢镇的新兴山歌队获得了此次对歌比赛的一等奖，成了"歌王"。颁奖结束后，我们找到了新兴山歌队，与他们合影留念。队伍中的女主角——年逾六旬的彭秀金阿姨提醒我们："记得把照片寄给我们哦！"于是我们记下了地址，打包票半个月内将照片寄过来。我和彭阿姨还挺有缘，第三次去隆安时，在那桐镇农具节活动的现场竟然偶遇了。在现场观看节目的彭阿姨看到我，前来打招呼，我只是看着她眼熟，一时倒没想起是谁，直到她感谢我们为她邮寄相片时才猛然想了起来。

歌曲虽然旋律优美，但因为都是壮语，我们听不懂，大家唱的什么内容呢？彭阿姨接受隆安县电视台记者采访时也间接解答了我们的疑问："今天的歌曲内容有爱情的，有精准扶贫的，有民族团结的，有大生产的，有好人好事的。我们其中的一首爱情歌曲内容就是，我跟男方谈恋爱，我跟他来自不同的村，现在年纪那么大了我们才相认，所以我们相识恨晚，这样的意思。今天相遇我们就中意了，所以就成为夫妻。"后来与文体局黄涛副局长聊天得知，虽然对歌在山区这边的群众基础很好，但原生态的对歌形式较为单一，故事性不强，今天参赛的城厢镇的新兴山歌队经过了长期的排练，节目有故事，表演技巧也更专业一些，因此得到了评审的一致肯定。

## 三、趣味游戏

颁奖结束后，参与性强的游戏环节开始了。舞台上先开始的是竹竿舞，在组织人员的带领下，不少村民和游客都加入了进来。我们的三位女同学也上去一试身手，这个镜头被电视台拍摄了下来，并放到了晚间

三位同学也跳起了竹竿舞（赵飞摄）

的新闻节目之中。

竹竿舞之后，一支前来参赛的布泉乡舞狮队不甘寂寞，展现了一下他们的舞狮技艺。舞狮队才艺不少，又有两位拿着长枪表演了一番功夫对打。此时，在舞台周边，"抛绣球"、"两人三足"和"蒙面敲锣"等游戏也开始了。抛绣球是壮族最为流行的传统体育项目之一，随着历史的发展，后来逐渐演变成为壮族男女青年表达爱情的方式，如1960年拍摄并在国内外颇具影响力的电影《刘三姐》中，就有唐代壮族农家女刘三姐做绣球并抛给阿牛哥的情节。这里的抛绣球游戏的难度在于接球，一人在一侧将绣球抛出，而远在十几米开外的"选手"背上有一个竹篓，需要依靠身体的移动用竹篓来接绣球。两人三足游戏为两人一组，用红布将两人相邻的两条腿捆在一起，然后进行跑步比赛。参赛的都是中老年妇女，不时有人摔倒在地，两人又得颇费点力气爬起来，让观众捧腹大笑。群众参与热情最高的就是"蒙面敲锣"了，排起了长龙。在这个游戏环节中，参与者的眼睛被红布蒙上，手持一个木槌向前走五六米，击中挂在竹竿上的铜锣即为成功，可以选择一份礼品，包括凉茶、洗洁精、洗衣粉等。有些村民偏离了方向，再加上一旁组织人员的故意误导，手臂不断地在空气中挥来挥去，观众笑得前仰后合。

蒙面敲锣（赵飞摄）

在草坪的另一侧，一些对歌的参赛队伍依然意犹未尽，找到对手再次进行较量。电视台的记者岂能放过这种机会，也将这些素材拍摄了下来。除了组织比赛，文体局的同志还将艾叶糍粑、五色糯米饭、都结豆腐、姜汁豆花、三角粽子等隆安地方美食搬到了现场，大家都可以免费品尝。

## 四、荞麦花

午饭过后，在文体局同志的提议下，我们前往更望湖畔，去领略荞麦花之美。荞麦，当地人称三角麦，此时正是开花的时节。因为更望湖是一个季节湖，附近的农民只能赶在雨季到来之前种一季荞麦，从而造就了最美的春景——荞麦花的花海。在地方政府的大力宣传下，近年更望湖醉人的荞麦花景已不再是"养在深闺人未识"了。

我们乘坐的面包车刚抵达更望湖，就出现了意外。由于路面太窄，仅3.5米，又有一辆汽车停在了路的偏中间位置，司机师傅为了防止剐蹭，不慎将车左侧的两个轮子都陷进了旁边的沟里。师傅踩了几次油门，车子依然爬不出来。路旁边有个凉棚，刚好有些村民在此坐着休息兼赏景，他们见状便凑了过来。我们也下车查看情况。众人纷纷出主意："是不是大家一起抬出来？"其中一位村民打趣地说了一声："抬可以啊，给100块就可以啊。"黄书记这时通过村民的装扮和所带的物件认出了他们就是刚刚参加演出的四联村旧旺屯舞狮队的村民。此时黄书记也打趣地回应道："你们是舞狮队的吧？要钱向你们村的陆老师（陆有作老

一望无际的荞麦花（赵飞摄）

师）要。舞狮队的服装还是我们局批的呢，帮我们抬一下车，还要钱哪？呵呵。"

这个村民回应道："呵呵，那自然不用。我们帮你们抬上来。"大家商量之后，从路边的山丘上捡了一些石块放到车轮的前后，众人连抬带推，不大一会儿面包车终于爬上了路面。

"谢谢你们啊！"感谢之后，黄书记又提出了表扬和鼓励，"你们舞狮队演得不错，帮我们做的文物修复木工活也不错。等下次你们搞活动有什么需要帮忙的，我们一定大力支持。"舞狮队的村民自然是欢喜，连连感谢。

黄书记曾做过电视台记者、县文联主席，文笔极佳。在网上看到她当天的日记后，我自己对更望湖美景的记录只能用"相形见绌"来形容了。因此，我更愿意借用她的文章来介绍这一段考察经历。

更望湖的山路难行（赵飞摄）

更望湖放牛的妇女唱山歌（赵飞摄）

　　吃罢午饭，我带华南农大师生到湖区去看荞麦花和牧场，欣赏一下更望湖的美景。烟雨更望湖自有一番迷人的景色。整个三月阴雨绵绵，早期由于干旱而未能很好生长的荞麦在雨水的滋润下突然噌噌地往上蹿，绿油油的麦子开出了一朵朵雪白的花朵。"荞麦花开花如雪"，更望湖上千亩的荞麦花争相怒放，身在其中让人仿佛置身于北方的雪原。特别难得的是，由于三月份雨水偏多，往年很难看到的湖光山色和荞麦花相映成趣的景象让我们赶上了。穿过荞麦花海，我们往更望湖腹地的牧场走去。在碧草如毡的牧场，群山环绕，流水潺潺，牛羊成群。我遇见了几位四联村旧旺屯到更望湖放牛的妇女，我上前跟她们寒暄，谁知她们对今年四联村没选她们去参加对歌比赛颇有微词。每年三月初四，她们都会去歌圩寻找心仪的歌手唱山歌，回味年轻时对歌找对象的甜蜜。但不知为何，今年她们却落选了。看着她们遗憾的神情，我告诉她

旱季的更望湖是一个大牧场（赵飞摄）

们，三月初四在歌央还会有山歌对唱，不管有没有奖励，她们都可以唱到地老天荒。明年，我们一定会多考虑这些热爱唱歌的山歌歌手，尽可能地让她们都来一展歌喉。听了我的话，她们很开心，不仅告诉了我她们的姓名，还给我唱了一段山歌。我把中午吃饭时带回来准备送给华南农大师生的五色糯米饭送给了这些喜爱山歌的大姐。此时，华南农大的学生们玩得正嗨，他们在开阔的牧场上追逐羊群并与之合影，而在远处放牧的老奶奶却担心她的羊受干扰而吃不饱。学生们玩累了，眼看天色渐晚，我们另辟蹊径从四联村旧旺屯返回。当我们驱车回到隆南大道的那城已过下班时间，出城的小车川流不息，很多人都急着回家参加三月三的扫墓，街道严重堵车。我们终于领略了小城的堵车奇观。

更望湖周边的群众也伴随着荞麦花的知名而获益，路边可以轻易地见到荞麦、荞麦饼、野生金银花等特产的销售摊点。总之，更望湖——隆安的"香格里拉"，名气已是大涨了。

雨季的更望湖（吴燕琴摄）

Agricultural
Heritage

更望湖原生态歌圩

12

对歌对于大山的子民来说已经融入了日常生活之中，是再普通不过的休闲娱乐和交友方式。他们沉浸于山歌的美妙之中，落落大方，不在乎别人听，不在乎别人看，也不在乎别人拍照。婉转的曲调在大山间飘荡，没有美丽的服饰，没有令人震撼的理想中的盛大场面，只有朴实的歌谣，但这正是"原生态"。作为旁观者，我们无法像当地人一样真正理解山歌之美……

# 一、歌央

每年的农历三月初四，是更望湖歌圩的日子，为了让外地人分辨"真伪"，文体局的同志称之为"原生态歌圩"。

早上吃过饭，雷老师作为向导兼司机，带领我们再次前往更望湖。这天的雨，较初二那天更大。估计是去参加歌圩的人多，路上的车辆明显增加了不少。进入布泉乡的地界，便一路被群山环抱，我们既为山景的魅力所折服，又为山路的惊险而担忧。越过多座大山之后，我们第二次来到了更望湖。在前天举办活动的大草坪附近的一座山上，不时放出响亮的花炮，仿佛在召唤着十里八乡的乡亲们赶紧前来赴盛会。

一位警察热心地提醒我们，今天的活动场地有两个，分别是歌圩和主会场。于是，我们便兵分两路，我带了黄琳玉同学前往歌圩。在沿途有序的标识指引下，沿着碧绿的布泉河，我们俩步行了约2000米，就赶到了原生态歌圩的举办场地。这是一片面积五六亩的天然草坪，当地人称之为"歌央"。歌央的上方挂了一条横幅，上面书写"庆祝隆安布泉更望湖歌圩恢复八周年！"。

歌央距离布泉乡龙礼村多助屯屯口不远，河两岸的草地、芦苇丛、小山丘及树林都很适合男男女女对歌。为了让外来游客了解歌圩，活动组织者在

梳妆打扮来对歌（何宏生摄）

歌央的位置（赵飞摄）

歌央四周摆放了一些文字介绍资料。通过这些资料可知，更望湖歌圩具有悠久的历史，"据说歌圩可与更望湖同龄"。更望湖歌圩曾一度停止了男女对歌，直到20世纪80年代中期，当地群众又自发组织起来，在每年农历三月初四到歌央对歌，使这一宝贵的文化遗产得以继续传承。此外，在多助屯还流传有一些关于歌圩的故事，其中一则就交代了更望湖歌圩的由来，特摘录如下：

相传很久以前，万承县曾经有一段砌围城奇遇仙人的故事。有一天，夜深人静，在一处绿油油的草坡上，突然间有一群穿着各异的神仙飘然下凡，她们把粗糙的石头凿成四四方方的石料，开始在此砌围城。她们一边砌石一边吟歌，叮当的砌石声、悦耳的歌声，此起彼伏。时间很快流逝，忽闻村内的金鸡啼叫，神仙们便纷纷四处飘散，真可惜，万承县的一处围墙尚未砌成。

神仙们在天上一边游荡，一边吟唱山歌。悦耳动听的山歌传入斗光村（多助屯旧称），村里平时喜欢唱歌的青年男女不约而同地起来倾听。神仙们飘至离万承县不远的地方，休息片刻，无意中瞧见斗光村景色十分优美，"东蹲独秀峰，西立蝙蝠山"，在两山中间出现了一大片绿茵茵的草坪。小河两岸生长着无数的金银花，时值三月份金银花怒放时节，白花、黄花交相辉映，令人心旷神怡。神仙们商定每年农历三月初四在此草坪上对歌，久而久之，就形成了今天的"歌圩"。

某年农历三月初四，村里忽然来了一位白发苍苍的老仙翁到草坪去听歌，他瞅见路边有一个赤脚且衣衫褴褛的童子，便上前询问："你为何不去对山歌呢？"那童子难为情道："我这身不像样的衣服哪敢去？即便去了，歌女也不会与我对唱的。"老仙翁随口说："沿着这条河的右岸走上去，就能找到仙岩洞，洞里有一位仙人，是专门掌管衣物的，你可以去跟她借一套衣服呀。"童子顺着老仙翁指点的方向寻去，果然找到了那个仙岩洞，并看到了一位仙人。童子随即上前打了一个万福，说："请您借给我一套合身的衣服吧。"那位仙人给童子选了一套衣服后，再三叮咛："你拿去用后，切记我的话，在牛、马归棚前将衣服归还，超过时间不归还，仙岩洞将会有灾祸。"童子穿着合体漂亮的衣服，对山歌去了。童子对唱山歌太过入迷，竟然忘了归还衣服的时间。

到了第二天，童子才急匆匆地赶去还衣服，可到了那里，仙岩洞竟然被一块巨大的方形岩石堵住了。至今那块岩石依然竖在那里，那件仙衣也遗落在斗光村，变成了无数的壮族服装，每一年的三月初四，青年男女便穿上这些服装，赶来歌圩对唱山歌。

## 二、布泉酸鱼

此时的雨仍然不小，歌央已经聚集了不少身着表演服装的"演员"。不过最引人注目的是一组（男、女组合算一组）老人在对歌，男的有2位，女的则有6位。他们手撑着雨伞，坐在简易的马扎上，完全没有理会周边的嘈杂，而是沉浸在了山歌的世界里边。后来又增加到了三组，我曾一度怀疑，这是不是组织方安排的"热场秀"，后来证明还真不是。这些老人满脸的皱纹，看得出都是六七十岁以上的年纪，但都还是一头乌黑的头发，神采奕奕。

在歌央的一边，有两个米粉摊位。其中一个摊位上，掌勺的老板六十来岁，他的老婆、儿子及儿媳也各司其职，在旁边忙碌。米粉摊上摆了一些矿泉水、饮料和罐装的"布泉酸鱼"售卖。布泉酸鱼是隆安知名的特产。在布泉乡，自古以来家家户户都掌握一套腌制酸鱼的传统工艺，具体做法是，把鱼头、鱼尾、鱼鳞、内脏去掉，用水冲洗，晾晒，切片后将鱼肉和盐拌均匀，再放个把小时使盐浸透鱼片入味，然后将煮熟的玉米颗粒（用磨将玉米碾制而成）与鱼片一起放入瓷罐或玻璃瓶装满，压实密封。鱼经过发酵后，味道偏酸，多吃不腻。我便向这位老板了解了下酸鱼生意的情况："酸鱼怎么卖呢？"老板回答我说："18块一罐，这是我们这里的特色。"比想象的价钱要贵一些，我便问他："价钱还是不便宜，卖得还好吧？"老板说："今年下雨，人来得少。往年天气好的时候，这里都人满了。去年汽车都停到很远的地方去了，我带了100罐左右的酸鱼，都不够卖啊。今天我也带了几十罐。"经过聊天得知，老人是从布泉街过来的，一大早就开车拉着这些锅灶、米粉和水过来了。他这几年每逢歌圩都来，一碗米粉在布泉街上卖5块，来这里卖，只多加1块钱，煮米粉用的肉汤是昨天晚上就煮好的，来这里和米粉混到一起加热就行了，做起来不费工夫。一位维持现场秩序的女民警正在这里避雨，也插话说："真不算贵。"

雨一直下，众人在泥水中等待了许久。中午12点钟，歌圩的开幕式终于要开始了。谁知天公不作美，设备也不争气，活动所用的音响总是不灵光。组织人员抓紧调试，最终也是无用，音响声音时大时小，音质粗糙，杂音也多，观众听得费劲。12点10分，活动终于在多种不利的条件下开始了。主持人是村里的"文化人"，戴着一副眼镜。按他的说法就是："我就是在这里土生土长的，什么都懂一点，但是不太多，有什么问题可以来问我。"他介绍了该活动地点的对外交通路线，还特别强调让大家"不要乱走动，不要踩到田里的玉米"。接着，由布泉乡龙礼村村主任李银兴宣布："布泉乡歌圩开幕！"放过一番烟花爆竹之后，歌圩开幕式在小雨中正式拉开了帷幕。

## 三、开幕式

开场并不是我们心心念念的对歌，而是来自南圩镇上的一支广场舞队伍的表演，队员多是穿着花哨、化了浓妆的年长妇女，有一位小姑娘在队列之中，特别显眼。第二个节目还是广场舞，只不过是来自布泉乡的队伍。此外，第三个节目的广场舞表演队伍不知何故临时赶不过来了，邻近村的一支队伍赶忙过来"救场"。她们是身着表演服步行过来的。原来红遍大江南北的广场舞，在这大山深处也遍地开花。

同一支广场舞队伍，都是返场表演两三次。在漫长的广场舞节目中间，也有短暂的村民武术表演、对歌表演。天一直下着小到中雨，场地泥水横流，我的鞋子里全是水，冰凉凉的。看着一个连一个的广场舞节目，我愈发沉不住气了。我身旁有一位体形略胖的大哥，注意力也不在节目上了。他大约是看出了我外地人的身份和失望的心情，主动和我搭讪。原来他也是从较远地方赶过来的游客，连续几年都来看热闹。他说，去年的开幕式是县里边策划的，有专业主持人，节目比较好，今年是村里搞的，有些不太行。在冗长的广场舞时间里，我和黄琳玉同学轮换着在酸鱼老板那边各吃了一碗味道鲜美的米粉。这时摊点的雨棚下面已经坐满了附近来的乡亲。

总体看，此次歌圩的开幕式估计是不太成功的。一方面，天公不作

村民表演武术（赵飞摄）

身着民族服饰的对歌表演（赵飞摄）

美，外来的游客较往年少很多；另一方面，村里的节目策划水平自然还是有限，广场舞无论是外地游客还是本地村民都不太买账，反倒是其中穿插的短短的几个来自布泉、屏山、南圩的村民唱山歌的节目，引起了大家的哄笑。

不太成功的开幕式后，主持人宣布："下面的时间，大家自由选择对象唱山歌。"到了此时我才明白，企盼已久的原生态歌圩才刚刚开始，这时已是下午2点多钟，三三两两的村民开始组队。一位村民，也是这次开幕式的一位组织人员，正在收拾会场的设备，我便上前了解情况。他用不太熟练的普通话告诉我说："我每年都来唱山歌。等几分钟，我们找唱歌对象，唱定情歌这样子。我们正式搞活动就是2010年，今年第八届了。以前不搞活动，大家都来唱。搞活动，就加一些演出而已。天气好的话，上万人来，这里容不下。去年都有辽宁的游客来呢。不过现在年轻人多出去打工了，一年才回来一次。南宁都是很多人讲壮语，但差别大，我们都听不懂。唱山歌如果我们不努力传下去，可能有断代的危险。"眼前这位头发乌黑的村民自报年龄："我今年都66岁了。很多游客都评价我们这里空气好，人比较长寿。我们干农活也多一些。平时就吃自己种的玉米。"我颇有些意外，虽然知道山区在旧时以玉米为主食，如民国《隆安县志》就有"山陇农民，终年食玉米粥而已"的记载，难不成现在还这样？于是我有些惊讶地问他："主食不吃大米？"他笑着说："不吃，我们都是吃玉米粥，不吃米饭的。小孩吃一点米饭。主食喝粥啊，开水这些都不用喝了。前几年，我们这边来了一帮梧州的工人，来拉电线。他们听从我们的话，吃了玉米粥出去做工又不口渴，肚子又不饿。吃米饭下去，还得喝水才可以。更望湖这里，夏天洪水期就来了，种水稻也不行。种玉米四五月就收完了。6月份洪水才到。你肚子饿不饿？我们这边有玉米粥。"他们参与活动的一群人正在吃午饭，我们不便再打扰，就去旁边访问一些"歌者"。

## 四、原生态歌圩

这时雨下得小了一些，来现场组队唱山歌的村民逐渐多了起来。他们中间，我也看到了几位熟悉的面孔，就是在三月初二见过两次的几位放牛的阿姨。村民们各自找个合适的场地，有的在草坪周围，有的在附近的山包上，有的在路边，只要找到对象后，便对唱了起来。这时，我看到参与对歌的也有年轻人，有几位还带来了自己的小孩。对歌也不是那么简单的，毕竟是数人合唱。在对歌之前，会有"话事人"提出唱什么词来应对，保障对出的歌词整齐划一。现场各个角落都响起了悠扬的山歌声。见多了表演和包装，之前几组老人对歌我都认为可能是策划方安排的，这时我终于明白这就是所谓原生态歌圩了，这才是民俗的力量，这些"歌者"是歌圩文化的真正传承者。

村民自由对歌（赵飞摄）

更望湖歌圩（何宏生摄）

　　此时，黄琳玉同学和一位跃跃欲试的奶奶聊了起来。由于奶奶的普通话不好，沟通起来有点困难。大概了解到，她从年轻时就开始来这里对歌了，也是通过对歌谈恋爱的，每年她都会过来，不过现在来对歌的男性比较少，对组队对歌产生了影响。黄琳玉同学又采访了一位大叔。这位大叔来得早，已经在此对歌两个钟头了，而与他对歌的老人来自不同的乡镇，都是刚刚认识的。他告诉我们："对歌的歌词大多数是爱情和日常生活的琐事这些方面的。比如一个问你去哪里呀，另一个回答说去哪里，然后就一问一答地一直唱下去。"这些"歌者"肚子里的素材实在是太多了，长时间的对唱都难不倒他们。对歌对于大山的子民来说已经融入了日常生活之中，是再普通不过的休闲娱乐和交友方式。他们沉浸于山歌的美妙之中，落落大方，不在乎别人听，不在乎别人看，也不在乎别人拍照。婉转的曲调在大山间飘荡，没有美丽的服饰，没有令人震撼的理想中的盛大场面，只有朴实的歌谣，但这正是"原生态"。作为旁观者，我们无法像当地人一样真正理解山歌之美。

歌圩现场，来了好多手提摄像机的年轻男女，他们不时与"歌者"协商，摆机位拍摄。但这些人员并没有穿统一的工作服，估计不是官方电视台或报社的人员。我原本以为他们是活动策划者聘请的专业人员，后来才了解到，他们是专门前来参加活动，拍摄对歌视频，然后将这些素材刻录成碟片，以每张5元的价格到市场上销售。周边的不少村民都会购买，供自己学习对歌、娱乐或留念之用。我这时才恍然大悟，只有想不到，没有做不到，原生态歌圩亦有如此独特的商机，生意真是无处不在啊！

下午4点多钟，我接到雷老师电话，说他那边的活动已结束，需要往回赶了。歌圩现场，来对歌的村民还在增加，但我们两位只能悻悻地离开了。

三月三的敬祖情思　　　　　13

死者第一次下葬是在集体墓地，过三五年后，家属会再次打开棺材捡骨，并将骨头按照一定顺序放入一个一般为金色的瓷坛（俗称"金坛"）里，然后再寻一处地方进行二次安葬。当地人非常重视二次葬的选址，多求助于师公。如果捡骨后还未选定葬地，家属需找寻一处山洞将"金坛"临时寄放。极个别家庭，很可能在数年内都没有找到合适的墓址，但也不会因此而草率下葬……

## 一、二次葬俗

在更望湖考察原生态歌圩时，有一则小插曲。我在歌央看到不远处的一座山丘半山腰有一个山洞，里边悬挂着彩幡。我便想这个山洞是不是与歌圩活动有关，有没有可能是传说中的"仙岩洞"，于是决定前去一看。冒着小雨，穿过一片泥泞的玉米田，我来到了山脚下。上山有一条简易的路，因为路滑，我还狠狠地摔了一跤。颇费了一番力气，我才到达半山腰的山洞旁边。这个洞距离地面有两米多高，洞的下方，有一层厚厚的鞭炮纸屑。后来，我向雷老师请教，他告诉我山洞应该是"金坛"临时放置处，等选好墓地之后，家属将其取出再行安葬，存放几年都是可能的。原来，隆安壮族人的葬俗是"二次葬"。死者第一次下葬是在集体墓地，过三五年后，家属会再次打开棺材捡骨，并将骨头按照一定顺序放入一个一般为金色的瓷坛（俗称"金坛"）里，然后再寻一处地方进行二次安葬。当地人非常重视二次葬的选址，多求助于师公。

存放"金坛"的山洞（赵飞摄）

如果捡骨后还未选定葬地，家属需找寻一处山洞将"金坛"临时寄放。极个别家庭，很可能在数年内都没有找到合适的墓址，但也不会因此而草率下葬。因为此事，又恰逢三月三扫墓期间，在考察中我就特别留意隆安的葬俗与祭祖问题。

在隆安，墓葬占用良田的现象甚为少见，特别是以平原为主的地方，在田间几乎见不到墓地，这和隆安壮族人的葬俗有着密不可分的关系。在布泉乡的一个山村，我在村前的玉米田里见到了不少竹编的"房子"，长约两三米，外观像一个大号的竹笋。我便好奇地问雷老师："这到底是什么？在其他地方从未见过。"雷老师告诉我："这是坟墓。这些竹编的'房子'就是给坟墓挡风遮雨的，表示人过世了依然有房子居住。"原来，这边的葬俗和隆安其他地方并无不同，只是这边是山区，喀斯特山丘众多，不容易找到合适的一次性墓葬地点，只能先葬在农田里了。隆安壮族人的二次葬习俗，墓地多选择在"风水"好的山地，自觉或不自觉地保护了良田，很符合"生态葬"的理念。

布泉乡山区，临时占用耕地的墓葬（赵飞摄）

## 二、欢快的扫墓

三月三前后，是隆安壮族民众扫墓的日子，特别是在山区一带更为盛行。在隆安乃至全广西，扫墓多了一些欢快团聚的成分，是大家族难得的聚会。就隆安山区的习俗来讲，一家人多会选择午饭时间，用扁担挑或抬上祭品（包括碗筷、调羹、五色饭、鸡鸭猪肉、米酒、煮鸡蛋、水果、彩幡、香烛、鞭炮等）、啤酒、调味料、饭锅、纸巾，带上镰刀、锄头等农具，浩浩荡荡地前往山上的先人墓地。首先是一场"大扫除"，有的割草，有的给墓地培土，有的摆放祭品……有说有笑，忙得不亦乐乎。插不上手的年轻人和小朋友则吃水果、拍照片，玩耍一番。接下来，便是祭拜先人，燃放鞭炮。扫墓之后，还可以来一次惬意的"野炊"，顺便解决了午餐。除了自带的食物外，还可以搭建灶台，寻一些木柴、树叶作为燃料，在周边找些野菜作为食材，煮一锅野菜汤，既品尝了美味又乐在其中。当然，扫墓祭祖可能是多次的，除自家人扫墓外，还需要参加全族的祭祖、村屯联宗祭祖等。这类的祭祖规模就宏大了许多，需要事先准备百家宴来解决午饭甚至是晚饭的问题。

扫墓祭祖在隆安的壮族民众看来，是相当重要的一件大事。一家人既需要参加男方一族的扫墓活动，也需要参加女方一族的扫墓活动，如果夫妻双方不是一个地方的，少不了一番路途上的奔波。时间上，往往需要"族长"，即家族中较有声望的老人来统筹安排。这是一个耗费精力和时间的工作，一个家族人数众多，天南海北的都有，要协调一个大家都得空的时间，其难度可想而知。

## 三、重振家风

三月初六这天，黄书记又热心地通过微信发来了图片，原来她受邀前去考察了古潭乡马村的集体扫墓活动。这次活动盛况空前，午饭摆了120多桌，人数超过千人。之前从马村分出去的后人都回来了，单是邻近的邕宁区那楼镇就来了超过200人。黄书记还在马村发现了一块很有价值的《劝世碑》，建议我得机会去看看。后来，在黄书记的带领下，我前往马村，看到了《劝世碑》的真容。

古潭乡马村《马氏族谱》记载，马家的始祖为马良达，为马援之后裔，原籍山东青州府益都县白马苑。马良达于东汉建武十八年（公元42年）随马援从征交趾，平定叛乱后，在班师回朝途中落籍于隆安县古潭乡马村，卒后葬于当地。明清时期，隆安县马村读书人很多，他们中的几十人在科举考试中成绩非凡，大批才子到全国各地任官，或知县，或同知，或州判，或教谕。他们在隆安县的文化历史上留下了浓墨重彩的一笔。马家的七世祖马琼汉，明代万历年间曾出任四川名山县知县。民国《隆安县志》有载："马琼汉，隆安人，岁贡。被荐任名山县知县，多惠政，士民德之，去任时，士民遮道攀辕，立碑以志。"

马村东北有一座名叫渌垠的大山，在山的南麓有一个名为含辉洞的山洞（当地人也称敢书洞，意指有文字的山洞、读书的山洞）。含辉洞在清代就已经很有名，清嘉庆《广西通志》就有相关记载："含辉洞，县东七十五里，马村后。洞约三丈许，有二石，一如悬磬，一如悬钟，扣之其音清越。洞左右峭壁如屏。邑有马琼汉者，以名山县知县归田，常题咏其间。前对照镜山，右襟飞龙洞，水深不可测，投石有声。"民国《隆安县志》还有文字补充："琼汉尝题诗于上，萧云举和其韵。"萧云举是南宁人，明中后期的著名文人，曾担任过明神宗、明光宗、明熹宗的老师。至今，含辉洞中仍存留有他的题诗石刻。马琼汉和萧云举除了有读书稽古的共同爱好之外，同时还是亲家。萧云举的女儿嫁给马琼汉的二儿子、举人马之驹。只可惜马之驹英年早逝，萧家女最终也殉情自杀，民国县志转引《清一统志》的记载是："夫死无子，自制棺衾，绝食七日死夫柩旁。"马琼汉的独孙——马上良有7个儿子，后人成了马村的7家，祠堂名字因此就称作"七家宗祠"。7家人丁兴旺，功名显赫，三月三期间，就是马上良的这些各地的后人回来给祖宗扫墓。

　　在马村，作为马琼汉的后人，许多人对含辉洞的历史并不了解，对洞中的题诗更是一无所知。三月初六，马家人借集体扫墓的时机，特意请了文体局的专家去帮忙整理村史，向族人讲授马村的光辉历史，并组织族人参观了含辉洞。眼下马村人决心重拾传统，力争重振家风。好家风就是家族的宝贵财富，在马村证实了这一点。

含辉洞内的萧云举题诗石刻（黄连芳摄）

## 四、马家《劝世碑》

在马村，有一处已经破败的马宪章（清同治年间岁贡，有救父事迹）祠堂。在这里，我看到了镶嵌在墙体内的《劝世碑》。据马家人分析，该碑应是马宪章的孙子马抢蟾在民国年间修建该祠堂时所立。《劝世碑》洋洋洒洒1000余字，内容涵盖25个方面，就连如何处理婆媳关系、防火防盗等都有交代，不论男女都可谓是一本修身齐家的指导手册。"好家风好家训"是中国优秀传统文化的组成部分，近年中央文明办还提出了"厅堂悬挂家训"的要求。就此而言，马家的《劝世碑》不就是一个典型吗？很是值得细细品读一番，特摘录如下：

马村的马宪章祠堂《劝世碑》（赵飞摄）

### 马宪章祠堂《劝世碑》

#### 劝读书

凡系九流家，惟儒夸盖顶；居今稽古敏，心窍尽开明。

修己以安人，书中经说尽；搜求通奥径，希呈并希天。

即服贾耕田，书仍兼要读；免生同交畜，有目弗知一。
开卷益人深，不宜轻字纸；惟通经达理，做事始能精。

## 劝勤

不论什么人，总当勤义务；凡光宗耀祖，从耐苦中来。
漫说命安排，穷通皆自召；苦阑甘必到，愿及早加功。

## 劝俭

创造既难能，子成恒不易；奢华非善计，俭约是良图。
目下纵赢余，亦宜思备后；当自量所有，预算九留三。

## 劝善行

积善有余庆，修行当自锐；省身宜不愧，岂可昧良心。
谁正大光明，享康宁永远；吉人天乃相，好事愿多为。

## 劝慎言

言出马难追，怎收回厥玷；口头须检点，宁可鲜扬声。
其嘴累其身，好多经眼见；平时休好辩，才得免遭尤。

## 劝忍气

多福自家求，消蕾由忍气；相争无益处，好斗易招凶。
忍得半时工，可弥缝妄汉；但能三自及，即不及危机。

## 劝完粮

既有地和田，粮钱先预便；正供无所欠，方可免差缠。

官长纵清廉，囊空焉用度；催科关要务，急速固应该。

## 论人子

人子自婴孩，亲恩皆罔极；严慈都费力，鞠育忒劳烦。
报德应知难，务承欢克早；勿高声恶叫，致激恼伤怀。

## 论兄弟

兄弟克和谐，始能拍外侮；言行关错误，责语务从宽。
休竞短争长，友恭方不辱；试观兴旺族，必手足怡怡。

## 论夫妇

有室有家时，倡随意讲究；赤绳轻系就，应会守常规。
反目务知非，琴和为足尚；刚柔臻得当，瓜瓞赚长绵。

## 论家婆

婆正媳才贤，家门添吉庆；微愆休究竟，爱惜胜嫌憎。
四德未全能，无须生怒悖；勃谿非好听，和睦含名多。

## 论妯娌

凡妯娌雍和，家门多顺遂；相亲如姐妹，俾后辈依遵。
共衅愿无分，劝夫敦孝悌；绝无生妒忌，酿奕世康宁。

## 劝睦族

同祖共宗人，情由亲切甚；应交施爱敬，休构衅相嗔。
如或有歪心，婉言陈利害；能和衷劝诚，合族赖无忧。

### 待亲戚

溯戚属来由，应当周款待；姐姑甥舅外，情谊概关心。
松柏幸枝森，茑萝应得系；问存休厌亟，量力济燃眉。

### 待乡邻

至若待乡邻，惟和平最尚；解排纷与难，劝诫酿安全。
团体务长联，闻警先预备；同心真可恃，靠众志成城。

### 论交友

求友务查清，视其人可否；择交须讲究，免日后羞惭。
益损各三行，原无难拣选；多闻和直谅，接洽便应当。

### 论防盗

天亮就离床，夜深方息僵；关门亲检点，切莫厌劳神。
闻响即详听，虑歪人伺隙；宁虚非属实，误认亦何亏。

### 论慎火

炎火有余威，宜防炊后烬；柴茅休放近，每夜定留心。
直突务移薪，分明真道理；虑灾魔作厉，格外记斯言。

### 论洋烟

受害最堪怜，是洋烟一项；吸它真上当，徒耗丧银钱。
瘾重耸双肩，不同前矫健；尫羸筋力软，急戒免烦难。

### 论赌钱

至谬赌摊场，不知安固有；横财思到手，明哲走成痴。

东不就趋西，贪便宜自误；应当知退步，免后路凄凉。

### 论奸淫

紧要是青年，最当严色戒；惟光明正大，方不害前程。

恶首在乎淫，非无心小颗；休思尝别味，免祸水贻忧。

### 论饮酒

一醉解千愁，宁须谋禁酒；但酣歌有咎，宜谨守机关。

心愁饮癫狂，大都忘检点；合欢休过量，适可便停杯。

隆安人有着敬奉祖先的传统，清雍正《广西通志》就有载："（隆安县）民多愿谨畏法度，行事具有仪文，不安简略，于祭祀尤专尚，春露秋霜必竭诚致敬，虽贫贱之家，酒饭牲醴以时享之，悉因其俗不敢逾也。"三月三正是这一传统的集中体现，马村就是这样一个典型。

**雁江的米粉与粉利**

14

粉利，意为用米磨粉制作的大吉大利食品，流行于广西各地。雁江粉利是隆安县的一种传统小吃，其制作工艺现已经入选南宁市非物质文化遗产代性项目名录。据说，粉利的制作已有近2000年历史。相传诸葛亮南征时曾到过广西地区，当地水质较差，诸葛亮遂命军士挖"孔明井"，让兵士将大米磨浆蒸熟搓成饭团，这就是粉利的雏形。旧时雁江的居民只是在春节前制作粉利，供春节期间食用或馈赠亲友……

## 一、"那"乡的典型

提及广西的美食，最具代表性的便是米粉，而广西不同地方的米粉也各有特色，如桂林米粉、柳州螺蛳粉、南宁老友粉、宾阳酸粉等享誉国内外。在隆安，同样有其典型的代表——雁江米粉、雁江粉利。雁江镇位于隆安县西北，地跨右江两岸，西北部与百色市平果县接壤。中华人民共和国成立前，雁江镇因其独特的地理位置，成了隆安县远近闻名的商埠，素有"小南宁""小香港"之称。同时，雁江镇也是典型的"那"乡，"那"字冠名的村屯在隆安县各乡镇中分布最为密集。南昆铁路雁江镇路段不足10千米，附近散落着20个屯，其中就有12个屯以"那"冠名。在雁江，甚至村民耕作的地名也是根据地形地貌大多冠以"那"名。这些地名形象而有趣，如：那岸指高亢田；那瓮、那桶指烂洴田；水牛壮语称为"怀"，那怀指面积较大的田块；那猫是一叠小田块组成的梯田；荆棘壮语称作"温"，那温就是周边有荆棘的田；那南

雁江乡间一景（何裕摄）

傍晚的雁江香米基地（赵飞摄）

则指该处曾有南蛇（蟒蛇）出没。

　　"那"乡出好米，在隆安县乃至全南宁市，一提起雁江，人们首先想到的似乎就是"米粉""粉利"。大家对米粉耳熟能详，而了解粉利的人不会太多。粉利，意为用米磨粉制作的大吉大利食品，流行于广西各地。雁江粉利是隆安县的一种传统小吃，其制作工艺现已经入选南宁市非物质文化遗产代表性项目名录。据说，粉利的制作已有近2000年历史。相传诸葛亮南征时曾到过广西地区，当地水质较差，诸葛亮遂命军士挖"孔明井"，让兵士将大米磨浆蒸熟搓成饭团，这就是粉利的雏形。旧时雁江的居民只是在春节前制作粉利，供春节期间食用或馈赠亲友。粉利吃时切片、切丝都可，配以肉类、时蔬和各种作料，烹制成炒粉利或粉利汤，也可用火锅烫着吃。因制作容易，食用方便，既可以作为主食，又可以当菜肴，且价格便宜，很受人们欢迎。

## 二、雁江米粉

来隆安之前，我翻阅《隆安县志》，发现第二十三篇《人物》的第二章《名人》中就有一位雁江米粉"达人"的传略，我看过很多地方志，还是第一次见到将"大厨"作为地方名人，足见雁江米粉在隆安有着不同寻常的名分，现将内容摘录如下：

黄松锦（1907—1989），壮族，隆安县雁江镇雁江社区人。中华人民共和国成立前，黄松锦在雁江圩河边街设米粉摊，圩上多数人都到他的米粉摊吃早点。果德县坡造圩（今属平果县）的马驮帮每次到雁江圩，先上黄松锦的粉摊吃米粉，再上街做买卖。1956年黄松锦接受安排到古潭供销社粉店工作。赶圩的群众到古潭供销社粉店排队争相吃米粉，那坡、德保、靖西、天等等地来往南宁的汽车司机、旅客特意在古潭停留，品尝黄松锦做的客饭。黄松锦做米粉的经验为：淘两次米，去除杂质，使米粒更加雪白；磨两次浆，使米浆更加溶糊；调熟浆比例适量，天热少放一些。这样蒸出的米粉雪白、光滑，薄皮软韧，切粉久煮不烂，卷筒粉折而不断。菜肴加工讲究卫生，配料齐全，主菜搭配好（一碟菜装上几块鸡肉、扣肉、猪脚）。经营饮食业，别家50%的毛利，黄松锦只要25%。卖得多又快，比同行赚取更多的利润。领导挽留黄松锦工作到70岁方退休。1989年，黄松锦去世。

雁江米粉产品真不少（何裕摄）

　　雁江在米粉界的美名，在隆安我有着切身的体会，凡是米粉店，多冠以"雁江"二字。第一次来隆安，所住的电力大厦酒店有自助早餐，其中我最爱的就是米粉。第二次来隆安，因三月三假期，电力大厦酒店停止供应早餐。3月30日的早上，雷老师带我们找个地方吃早餐。他似乎了解我们的口味，走出不足200米便找到了一处"雁江米粉店"。店面不大，客人却不少，我们找了一个角落坐下。看看挂在墙上的餐牌，发现米粉的花样还真不少，足有近10种。为了寻点新鲜感，便点了一份从未吃过的卷筒粉。店员指着面前的六大盆，有肉和菜的组合。我有些不知所措，不知道如何选择才好，便随便选了豆角末和不知名的肉末。等店员盛上来，发现是大大的一条。吃过之后，并不感觉特别好吃。后来经查询，卷筒粉是隆安的特色小吃，用磨成的米浆放进托盘摊成一张薄饼蒸熟，撒一些肉末（猪肉或牛肉，猪肉以五花肉为宜）、葱花或其他作料在上面，卷成卷即可上碟，佐以酱料、香油等食用。这才明白，不是不好吃，而是我未弄清楚如何吃。

雁江卷筒粉（何宏生摄）

## 三、粉利作坊

　　雁江粉利是"那文化"的一个亮点，首次调研我就把雁江镇作为一个调研点，不过当时陪同前往的雷老师、张主任并不熟悉这方面的情况，没有能够如愿见到粉利作坊。第二次前往雁江的时候，雷老师的夫人黄大姐带我们找到了一处作坊。这是一座老房子，为旧式骑楼建筑。从门口看，狭窄的房间里摆放了家具、家电。此外，还摆放了一个面板和"木床"。面板长约1.5米、宽1米，上面放了一块很大的米粉面团。"木床"有3层，用以摆放刚蒸熟的粉利，当粉利热度降到常温后，便可以销售了。

　　来到另一家粉利作坊。这一家的位置相对偏远，不是在街道边，而是在一户人家里边。庭院里摆放着很多木头，也有不少已经劈好的木柴，看来做这个行当还是需要很多燃料。走进房间，同样有两个摆放粉利的"木床"（一个两层，一个单层，"床"面是竹制的）。黄大姐喊了一声"买粉利"，主人出来寒暄一番。黄大姐介绍了我们，说明来意之后，女主人友好地接待了我们。

搅拌米浆（赵飞摄）

忙碌的一家人（赵飞摄）

凉粉利（赵飞摄）

房子的里间，就是粉利加工场所了。一家4口，一位老奶奶坐在那里看电视，主人夫妇及他们的儿子正在热火朝天地忙碌。他们各司其职，男主人在炉灶上用一个大饭铲搅拌米浆，据他讲，需要连续搅拌三四十分钟。旁边另有一个炉灶，是用来蒸粉利的，男主人不时向两个炉灶添一些木柴，调一下火力的大小。女主人则忙着在面板上将一块块小米粉面团揉成圆柱状的粉利，男青年则在一旁忙着揉一个大米粉面团。在炉灶旁边有一个电磨，其功用就是将大米磨成米浆。这样，粉利的制作流程我们便一目了然了。首先是用机器将大米细磨成米浆，然后将米浆放入锅中熬煮半个小时以上，此时米浆中的水分蒸发出多半，冷却后便揉成面团。再将小块的面团做成圆柱状的粉利，然后放到蒸锅里蒸熟，之后取出凉至常温即可出售。还可以将粉利真空包装，销往较远的市场，保质期可以到20天以上。

据老奶奶讲，这是他们祖辈传下来的手艺。她说："需要几个人配合才可以，一个人做不了。一个人煮，还得有人拆（揉面并切块），拆好了还得有人蒸。至少需要蒸40分钟，太快了蒸不熟。以前没有电磨，都是手工磨米浆，更辛苦。"一般在上午，前来买粉利的街坊较多，下午他们相对没那么忙。黄大姐提出想买一些粉利，结果还没有现货。等了十几分钟，一锅热腾腾的粉利端了出来，房间内顿时溢满了粉利的清香。

"好香哦，好想吃。"大家兴奋了起来。

"现在可以吃了吗？是不是得凉下来加工一下才行？以前我吃粉利，都是切成小片炒大白菜这些。"我提出了疑问。黄琳玉同学也在一旁问："就这样吃原味的吗？"

"现在可以吃哦，等一下凉了可以买了。哇，现在就想吃，好香啊。这里的水质很好，米特别好吃，春节送礼都是送一盒盒包装好的粉利。"黄大姐熟悉情况，又向女主人喊道，"老板，给拿一点酱油，记得放点辣椒。"

女主人不大一会儿拿来了一碟酱油，大家各自拿了一个粉利吃了起来，几位同学都感叹："的确好吃。大米的醇香全在这里了。"

一路过来，看到的粉利作坊都没有招牌，不了解情况的人恐怕是找不到这里的。黄大姐告诉我："粉利按个来卖的话，一个两块五，按斤的话，三块五一斤，价钱挺实惠。基本都是大主顾来这里采买，街坊零散地来买，不愁卖的。"在《隆安文艺》2017年第1期刊载了雁江镇艺人编写的雁江土话"淡赖"。"淡赖"（壮文写作damz raih）是历史悠久的广泛流行于壮族民间的文学形式，翻译成汉语就是"顺口溜"。其中有一则"淡赖"就是讲雁江的粉利，我将汉译文附上，仅表示大概意思，其读音、意思和原文很难一一对应，但大致内容足以印证黄大姐之言。

### 姐夫和二姐

河那边的东礼和东义，少不了那利屯。

姐夫和二姐，天天做粉利。

牛肉煮粉利，煮久也不烂。

放几颗豆豉，越吃越有味。

产品畅销各县市，出口东盟上超市。

结伴进超市，目的是买家具。

见几只蜻蜓，原来是玩具。

新年初二日，都要发利市。

这就是所谓"酒香不怕巷子深"吧！后来，经过查询资料，大致了解了雁江圩米粉店、粉利店的情形。目前雁江圩有10多家粉利作坊，产品小部分零售，大部分批发，每年春节前10天是生产销售的高峰期，要货的很多，价格也节节攀升。为了赶货，许多作坊要加工到凌晨两三点钟，有时还不能满足需求。目前，雁江圩有近10家米粉店，有的是20多年的老店，也有开了几年的，不论新店、老店米粉质量绝对上乘。因生意好，平日做三四十斤米的米粉大半天就售罄了。在雁江，街天（圩日）做近百斤米的米粉，各家粉店门前，都会看到排着小长队等候吃粉的人们。在熙熙攘攘的街市上也经常会听到人们以"你吃粉了吗"来互相寒暄。哪天赶圩要是没吃上一碗粉，真是当天的一个遗憾。

## 四、手工榨粉

当然，雁江仅仅是隆安稻作区的典型代表之一。直至20世纪八九十年代，稻作区村民手工制作的榨粉，一直是款待亲朋的必备美味。在商品经济尚不发达时期的隆安，村民请客的时间点很多，除节庆外，甚至家里要杀一头猪，都会告诉亲朋前来吃一顿，客人回家时还可以分得一些肉。而请客最早需要准备的，同时也是必须要准备的就是榨粉，请客较多的话，甚至需要准备二三十斤。如果是大规模的百家宴，准备五六十斤也是寻常事，出嫁了的女儿也需要回娘家帮忙。

传统农家制作榨粉的工序首先是把米浸泡至有馊味，时间大约需要一个星期。招待亲朋的前一天，村民至少需要花费半天时间来制作第二天要吃的榨粉。先将米磨成浆，磨浆时需要拿草木灰垫在箩筐下面，吸干米浆的水分，箩筐里边则是用一块蒸笼布接住米浆。等米浆水分被草木灰吸干后，再把米粉揉成团放到锅里煮，等米粉团从外到内熟到一二厘米厚时，就把米粉团放到石臼里去舂，直至米粉团不粘木杵。再将米

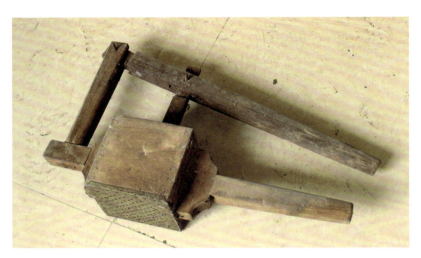

手工榨粉器（聂瑞摄）

粉团拿出来继续揉，一直揉到米粉团很细腻的时候，即可用手工榨粉器榨成米粉条。榨粉这种力气活一般由家里的男士来干，因为如果力气不够，榨出来的粉就不够长，外观不好看。开始榨粉时，需要用锅煮好开水，同时准备一桶冷水。榨出的粉随手放入锅中煮熟，然后捞出来放到冷水中。最后，人们用笊篱捞出米粉，以一碗一碗的量分散放到铺着芭蕉叶的竹篮里。直到此时，聚餐的重头戏——榨粉才算做好。第二天，亲戚朋友吃饱喝足回家时，热情的主人一般还会让客人带一些榨粉、猪肉和鸡肉回去送给家里的老人。

自20世纪90年代以来，随着农村商品经济的发展，民间这种传统的榨粉方法已经少见。现在的村民，更多愿意从自家将已经浸好的大米（自家的米更放心，不过浸泡时间不如古法长，仅需一个晚上）拿到街上的粉店，用机器做成干米粉，加工后带回家晒干存放。食用前，用水浸泡，变软后再煮食。

在"那文化"展示厅、儒浩村村史馆，都收藏了数量不少的手工榨粉器、石臼、蒸盘、箩筐等榨粉器具。传统的各家各户制作榨粉的时代尽管已经离我们远去，但如同传统的技艺、器具不会失传一般，"那"乡人榨粉待客的文化习俗必然会流传下去，谁让咱"那"乡人有米粉文化的基因呢！

## 村史馆里的捕鼠器

**15**

由于感觉难得一见，出于分享目的，我就在微信上转发了此图，并配上文字："这个捕鼠器好！十年八年用不坏，还可传给下一代。"结果还真是引起了"朋友圈"里的不少专家老师（其中不少是农业历史学者）的好奇，纷纷留言"没见过这类捕鼠器""哪里发现的"……

## 一、蜜本南瓜

第二次赴隆安调研，我就请雷老师带我们再探乔建镇儒浩村。此时的儒浩村，与2016年7月来时景观已经大有不同，特别是农田景观。儒浩村紧邻罗兴江，水渠遍布，灌溉排水很是便利，土壤也很肥沃。之前，虽然也有种植蔬菜，但稻田还属于多数。当前，大片的农田已经极少见到稻田，随处可见的是生长繁茂的南瓜，长势较好的已经开出了鲜黄的花朵，有的结出了小小的南瓜果实。我疑惑地问雷老师："为什么种这么多南瓜呢？这么好的田种南瓜不可惜吗？有这么大市场？"

"有啊，农历三四月份就可以上市了，到时很多北方人来采购。这里种的南瓜是蜜本南瓜，质量优良，销路好，深受北方人的喜爱。北方的南瓜没那么早上市。经济效益还是不错的。"

"同样的面积，南瓜的经济效益还是要比水稻高吧？"

"是的。南瓜种植省事很多啊，不需要太多人工。另外，种两季水稻的话，农民的粮食也吃不完。收完南瓜种晚稻，口粮就足够了。"

看来，短短的一年时间，儒浩村的农业种植结构已经是大变化了。作为稻作文化遗产地的核心区，稻田这么少见还是让人感到有些不大不小的遗憾。雷老师无奈地解释说："这个没办法，市场经

乡间蜜本南瓜收购盛况（赵飞摄）

济决定的。不过都可以恢复早稻种植，只需要政府做些引导或给些补贴就行了。"

## 二、自创的捕鼠器

建立村史馆，是村寨民族文化保护和传承的有效方式。壮族聚居的隆安县作为"中国那文化之乡"，近年来特别重视村史馆的建设。2015年，县乡村办选择那桐镇定典屯、城厢镇岜旺屯作为试点建设村史馆，2016年这项工作得以全面铺开。2016年11月底，黄书记发了一则微信，有数张老物件的图片，其中有一件我还真看不出是何物。经询问，原来

儒浩村的捕鼠器（赵飞摄）

实践捕鼠器如何使用（何裕摄）

是儒浩村为了建设村史馆，从村民手中征集而来的捕鼠器。由于感觉难得一见，出于分享目的，我就在微信上转发了此图，并配上文字："这个捕鼠器好！十年八年用不坏，还可传给下一代。"结果还真是引起了"朋友圈"里的不少专家老师（其中不少是农业历史学者）的好奇，纷纷留言"没见过这类捕鼠器""哪里发现的"。《农业考古》杂志主编施由明研究员还表示不解："这能捕鼠？"我答曰："的确是捕鼠器，其原理我也不懂，下次去见到实物再给您详解。"既然答应了寻找实物，我便记下了这个差事。

这次来到儒浩村的村委会，没多少新鲜感，唯独不同的是没有了芒那节时的喧闹。由于没有提前打招呼，本来我还担心村民都忙着扫墓，人去楼空，结果村委会还有3位干部在加班，正忙碌着整理文件，其中也包括村委会陆英江主任。一番寒暄后，陆英江便带我们来到位于二楼的一个大房间，足有100多平方米，这就是他们临时储藏搜集的老物件的"库房"。放眼看去，他们还真是搜集了不少东西，除了少数小物件放到一个玻璃展柜里，大多散落在地上。

陆英江告诉我："我们把以前的老相片、老农具搜集了下，将来可以做一个展览室。这些东西都是从村里边搜集来的，我们还在继续搜集，到时展品肯定会多不少。现在我们也向村民宣传，让大家把不需要的东西都送过来。"

不费什么事，我就在旧农具堆里发现了心心念念的捕鼠器。看图总不如见到实物，比想象的小了一些。我让学生测量了下，长40厘米，宽25厘米，高42厘米。我问村干部："这个捕鼠器比较少见，我们特别来看看。它是什么捕鼠原理呢？"陪同的一位村干部解释说："使用时，把绳子缠在开关处将这个木块重物拉起来，在下面的金属片上放一些红薯或米饭，等贪吃的老鼠爬进去之后，就触动了机关，上面的木块就压下来，把老鼠压住了。"此时，一旁的陆英江给我们演示了一番，我让同行的学生拍下了视频。

不知这样独特的捕鼠器从何而来，我便问："这类捕鼠器这里常见吗？是不是以前市场上有卖？"陆英江带着自豪的神情回答："我们这里老鼠多，经常偷吃米和肉，以前又没有什么好的办法。有的村民木工活做得好，这都是自己琢磨发明制作的，不过也不知道具体是什么年代的，这种样式的以前都没怎么见过。"这个木块不是特别的大，能压得住老鼠吗？我半信半疑，就用手把这个"机关"提了一下，手感还是相当重，小一点的老鼠估计就能直接压死了。我好奇地问："这是什么木头做的呢，这么重？"陆英江也不是很确定："这个木头应该是龙眼木。"

## 三、儒浩村的"文物"

完成既定任务，我们便开始了解其他的"宝贝"，包括龙骨车、谷屯、木犁、木车轴、石臼、手工榨粉器、砖模具，以及陶罐、竹篓等农具和生活器具。陆英江等一一向我们介绍这些器具的功用。

几个木制砖模具勾起了陆英江的回忆："我们以前搞房子就用这个模具，我一个人一天可以打800多块砖。"他似乎对一个汽灯特别得意："这个灯点着了特别亮，亮度得有1000瓦。我这个是从天等（崇左市天等县）拿回来的哦。以前晚上在打谷场干活都是用这个照明的。"雷老师补充说："那是六七十年代用的了。"

龙骨车也引起了雷老师的注意，他向我们讲解道："这个水车的用处呢，就是把低处的水引到高处的田，隔的距离不太远，有一两米。学

陆英江展示如何使用龙骨车（赵飞摄）

陆英江的老式汽灯（赵飞摄）

名就是龙骨车，像龙骨一样。"我也大致理解了，也就是龙骨车使用时需要有一定的倾斜度，通过人力把水提到高处的水渠或稻田里。陆英江想给我们演示一下，他抓住龙头两侧的把手试图摇起来，但无法摇动。听雷老师讲到"落差"的问题，就拿了一块红砖垫在龙头之下，又把龙骨拾掇了一番，最后竟也顺利地开动了。

库房内的另一侧有一个简易的玻璃展柜，里边存放着石铲、石制秤砣、一张民国纸币和一张1954年的5万元存款单，最引人注目的是十几张尺寸大小不等的广西壮族自治区定量粮票和全国通用粮票，有"壹市两""壹市斤""伍市斤"的，也有"叁拾市斤"的，时间最早的是1973年的，晚一些的多是1981年的。这些粮票设计精美，图案多是广西代表性的自然景色、设施与建筑，如桂林山水、梧州骑楼、南宁火车站、侗族风雨桥（不知是何处的一座四孔石桥）等。

## 四、村史馆

2017年5月底，隆安县乡村办对全县的村史馆建设情况进行第三次督查，黄书记作为成员参与了此项工作。一次偶然的聊天，她向我谈起此事，缘于我对儒浩村的"特别"关心，我就向她要了一些儒浩村村史馆的图片。看得出与两个月前相比，整

骑行于定典屯的蕉林
（隆安县文体局供图）

个展览室的环境大为改观，墙上挂了许多有关村史、地理方位、历史名人、芒那节、物产等的精美图文资料。黄书记告诉我，村史馆资料搜集工作由退休老教师、地方名人等参与完成，文体局之前也组织他们参加了相关业务培训。我便打趣地问她："儒浩村这条件肯定能通过督查吧？"出乎意料的是，黄书记回复说："还没完成建设任务，村里收来的那些展品摆放还是有些杂乱，对比而言，那桐和雁江两个镇完成得比较好，而乔建镇15个村中只有两个完成任务，而已完成的两个示范村跟其他乡镇比还有差距。"此外，我也了解到，隆安县的村史馆建设特别注重"一村一品"的展现，如：那桐镇定典屯村史馆定位于"蕉王飘香·幸福定典"，着重突出香蕉产业特色和"蕉"文化；那桐镇那桐社区村史馆除设室内展厅外，还设有四月八农具节室外展厅；城厢镇旺中村岜旺屯村史馆在原有壮族传统民居基础上，以"修旧如旧"理念对一栋百年老屋进行修葺，充分保护壮族建筑风貌，融合展示了"解元"文化、"那文化"、山水文化、光伏产业文化等特色文化。看来，隆安县村史馆的建设标准还是比较高的，严格要求才能出好成绩，隆安县全面推进高水准的村史馆建设，守护和传承独具特色的壮乡村寨文化记忆，无疑是极具远见的"那文化"保护传承之举。

当然，村史馆建设与管理中存在的一些问题也需要重视并加以解决。首先，一些文物的存放与陈列对环境的要求较高，但大多数村史馆的条件不太好。其次，村史馆建成之后的管理、开放问题需要提上日程，展示面向的群体也需要思考。尽管有些村史馆已经建立了日常管护机制，但落实如何、效果如何，都需要及时进行评估。此外，我看到一些村史馆从村民手中收上来了一些珍贵图书（如民国二年的《隆安县志》、清至民国时期的族谱、清至民国的师公教经书等），显然这些图书不适合放到村史馆，图书馆才是最为适宜的去处，这就需要人员和经费来做这件事了。这不禁让我想起了有关民国二十三年（1934）《隆安县志》的一则故事。

隆安县明代嘉靖年间置县，明万历十七年（1589）、清嘉庆五年（1800）曾出过两本《隆安县志》，但均因战乱，"荡焉弗存"，不得不说是一个很大的遗憾。一次，我在文体局见到了一本民国二十三年（1934）的《隆安县志》。一位文体局领导告诉我，这本书能够保存至今，要归功于一个人——梁举桓。梁举桓先生是邕宁县（今属南宁市西乡塘区）坛洛人，此版本《隆安县志》主编、清朝拔贡黄朝桐是他的朋友，由此他获赠了一本。改革开放以后，县有关部门在各处都寻不到这本珍贵的民国县志，后来辗转听闻他这里有，就给了梁老先生20元钱将其收了回来，并由县图书馆珍藏。在这本书的尾页，有关人员特意留了一段话交代这个事情，内容如下："这套《隆安县志》重修本，分上、中、下三册，系1981年2月18日花资币贰拾元，从邕宁县坛洛公社富庶大队六榄坡生产队梁举桓老先生购买来的。1981年2月21日志。"20元钱，在那个时代可不是一个小数目。今天同样的情形，有关部门也需要拿出足够的资金，让这些散落民间的珍贵图书得以妥善保存与有效利用，进而为"那文化"研究提供更多的史料支撑。

Agricultural
Heritage

**消毒稻草编制成的龙**

16

自古隆安人就有手工编制稻草龙并在农历五月十三"祭稻神"时舞动祈福的习俗。人们认为，"神龙"可以驱走虫害和田鬼，可以向上天求雨，来年就会风调雨顺，这样的祭祀习俗一直流传至今。以前的稻草龙制作没有如今这么精细，设计与制作较为粗放，如陆兴礼所说，像毛毛虫一般……

# 一、非遗稻草龙

2016年11月底，广西壮族自治区文化厅公布了第六批自治区级非物质文化遗产代表性项目名录，隆安稻草龙名列其中，为民俗类项目。仅从其名称就可看出，稻草龙是一个与"那文化"有密切关联的非遗项目。

经查阅资料，我获悉稻草龙技艺传承基地位于城厢镇国泰社区，事先就劳烦文体局领导帮忙联系了该社区。2017年5月2日下午3点抵达隆安后，黄书记就带我们前往国泰社区。到了稻草龙基地，我有些受宠若惊，已有十几个人在候着我们，其中有一位社区领导，其他均为稻草龙技艺的传承人，大都六七十岁了，男女各约一半。一进基地的工作间，就看到了两个庞然大物。龙身堆砌了约两米高，硕大的稻草龙头特别引人注目，看得出龙头里边安装了"机关"，龙眼珠闪出了五色的光，龙嘴里不断地吐出五色的泡泡（里边放置了小孩儿玩的泡泡水）。大家落座之后，各位传承人代表开始向我们介绍情况。

陆兴礼老人，现年67岁，以前是舞龙队队员，后因年龄原因开始做鼓手。老人介绍说，自古隆安人就有手工编制稻草龙并在农历五月十三"祭稻神"时舞动祈福的习俗。人们认为，"神龙"可以驱走虫害和田鬼，可以向上天求雨，来年就会风调

国泰社区稻草龙舞龙队风采（赵飞摄）

光彩夺目的龙头（赵飞摄）

陆兴礼老人（聂瑞摄）

雨顺，这样的祭祀习俗一直流传至今。以前的稻草龙制作没有如今这么精细，设计与制作较为粗放，如陆兴礼所说，像毛毛虫一般。国泰社区也有舞龙的传统，舞龙队原来也只是做"文化龙"，后来结合传统，力图寻求形成地方特色，开始精心钻研稻草龙的编制。2017年中国"壮乡·武鸣壮族三月三歌圩暨骆越文化旅游节"上，来自南宁市青秀区、良庆区、市总工会文化宫、隆安县、武鸣区、罗波社区的6支舞龙队在圩亭球场举行舞龙比赛，分别展示了芭蕉龙、稻草龙、香火龙等表演形式，隆安的稻草龙舞龙队实力超群，荣获了金奖。这是舞龙队第一次外出参赛，就创造佳绩，这让陆兴礼颇感自豪。他还向我们做了节目预告："明天那桐农具节展演的第一个节目，就是我们稻草龙舞龙队的节目，一定去看哦。"

## 二、总设计师

现年77岁的陈少章，是隆安稻草龙的主要设计者，被当地人赞誉为"稻草龙总设计师""新式稻草龙的创始人"。他自幼爱好文化艺术，读书期间成绩优良，后来做了工人，曾参与西江水电站的修建。设计新式的稻草龙，给了陈少章发挥设计才华的机会。自2012年起，他先后设计了三代稻草龙。由于经验不足，第一代稻草龙比较简单粗糙，也比较重，有90多斤，仅龙头就重达45斤。舞动起来，舞龙人员全身出汗，衣服都湿透了。但是，稻草龙的表演社会反响非常好，很快在隆安引起了轰动，还上了报纸、电视。2012年，中央电视台《风土人情》节目曾前来采访。陈少章看到稻草龙如此受群众喜爱，就继续研发了第二代、第三代。第二代稻草龙制作了两条，其中一条就收藏在县文体局"那文化"展示厅。工作间中的稻草龙就是第三代，长25米，9节龙身，共有

稻草龙的设计者陈少章先生（何裕摄）

40多斤重。陈少章说，第三代稻草龙重点改进了龙头的制作。龙头选用竹篾条扎成架子，使得龙嘴能够张开到理想角度，然后用白色泡沫块来刻制龙牙，用红色的塑料制成舌头，龙须用编制好的钢丝制作，而最传神的龙眼用的则是专用的材料，可以通电使其发出光芒，实现"画龙点睛"的效果。

　　陈少章讲，第三代稻草龙还是偏重，仅龙头就重达29斤，舞起来依然不够轻盈，目前他正在设计第四代，最大的目标就是进一步降低稻草龙体重。他还告诉我们，普通的稻草容易腐坏，为使稻草龙能够长期保存，制作稻草龙的稻草必须先泡硫黄进行消毒，晒干后才可以使用。现在，编制一条稻草龙大约需要两个月，使用两三年没问题，因为使用率并不高，都是旧的坏了，再编制新的。陈少章的设计思想，如他所讲："发掘以前的做法，不能离开历史的模样，也要照顾现在的审美。现在我们年纪都大了，也得考虑传承人的问题，让年轻人多提供思路。"

## 三、传承人

在新式稻草龙"诞生""成长"的过程中，政府部门的支持同样起到了决定性作用。早些年，隆安县着力打造"那文化"品牌，积极申请"'那文化'之乡"。于是，国泰社区决定结合"那文化"做一些事情，由于本地有舞稻草龙的历史传统，在文体局经费的支持下，舞龙队开始着手设计并制作承袭传统而又具创新的稻草龙。而当时隆安本地已没有稻草供编制使用，文体局还为此安排人员赴武鸣县，专门采购了几车稻草。2012年11月28日，在隆安县第二届体育节的开幕式上，舞稻草龙表演十分成功，从而一鸣惊人。近几年，隆安稻草龙接连成为县、市、自治区级的非遗项目，经费得到了充分保障。社区领导也表示："我们要将稻草龙做得更加精致，要一代代传承下去，实现新的发展。"

在座女性传承人的主要工作是编制龙鳞。龙身就是阿姨们用手工编制的稻草龙鳞串联拼凑在一起的，虽然编制龙鳞的方法较为简单，但是一条龙需要的龙鳞数量庞大，这就决定了她们的工作量很大。为了让我们直观地了解编制工艺，几位阿姨取来了一些稻草，现场编制龙鳞。她们都很手巧，不大一会儿，数个龙鳞就制成了。舞稻草龙时，队员还需穿上稻草衣服，包括披肩、裙子、护腿等，均用稻草秆制作而成，这些都是阿姨们自行设计的。在几位阿姨的鼓动下，黄书记和聂瑞同学穿上稻草衣，拿起稻草绣球，摆出了各种舞龙的动作，颇有巾帼英雄的风姿。

此时，何生德先生赶了过来，能写能唱的他很快将现场的气氛搞活

稻草龙技艺传承人展示技艺（赵飞摄）

身着稻草衣（赵飞摄）

了。在场的一位名叫劳荣吉的老人即兴唱起了欢快的壮家山歌。后来，我见他手中拿了一张纸，上面有一些文字，便讨来一观。原来这是他的创作，内容生动有趣，可见老人家的稻草龙情怀，摘录如下：

稻草龙是我们壮族人民至高无上的神灵，是骆越人创造"那文化"的魂。逢年过节，吉盛庆典，稻草龙舞遍大街小巷、村村寨寨，祈福安康、风调雨顺、五谷丰登、六畜兴旺、民族兴旺发达、安居乐业。稻草龙是壮族人民的根、民族的魂。

纸的反面则是劳荣吉写的一首诗，摘录如下：

### 四月八

民族根魂四月八，绚丽多彩美壮家。
凝聚民心喜欢乐，盛世中华民族魂。
远古稻作骆越人，娅怀石器布洛陀。
上邓野生稻基地，乔建儒浩芒那节。
"那"九稻种粒耗"那"，养育天下百姓民。
乡土情思"那文化"，传承非遗"那"精神。

我不懂诗，无法评价写作水平如何，却也看得出农具节、古骆田、娅怀洞、野生稻基地、芒那节等隆安"那文化"的精髓尽含其中，想不到民间的群众如此了解、关心和支持"那文化"的保护，着实让人感动。

## 四、大王庙

走出稻草龙技艺传承基地，在右江边看到一座体量并不大的仿古建筑——大王庙。大王庙前是一处较为开阔的广场，一位阿姨告诉我，每年的城厢镇"5·13稻神祭"活动就在这里举行。这里是城区，与儒浩村的稻神祭相比，经费更加充足，活动也就更加丰富多彩。每年除了祭稻神等环节外，还会举办棋类比赛、篮球比赛、猜谜语、晚会等活动，下午5点半开始有百家宴，凭票入席。我便好奇是一种什么票，阿姨告诉我："收赞助费的时候发放餐票，60元以上发1张餐票，60元以下算香火钱，就在江边这个广场这里搞百家宴。今年的篮球赛很精彩，还有非洲籍球员来参加呢！"

从庙前的碑刻可以看出，大王庙始建于清光绪年间，后因县城扩建于2009年迁建至此地。在大王庙的墙上，挂了7块非遗项目的标识，有

大王庙全景（赵飞摄）

城厢镇"5·13"民俗巡游（何宏生摄）

自治区级的，也有市级的。除稻草龙外，这里还是芒那节、壮族婚俗两
个非遗项目的传承基地。大王庙门口两侧，各有一个积善箱，上方均有
"敬禾得谷，敬神得福"8个字。庙中有两座神像，一位是关公，一位
是周大王。神像前的台面上摆放了数十个拜神用的酒杯。据阿姨讲，村
民有什么难事诸如生病、考学、求子等，一般都会来敬香祈福。在神像
的一侧，我看到墙上有一幅装裱起来的字，其中也有"敬禾得谷"，落
款时间为1999年农历十月。"敬禾得谷"4个字如此朴素，却蕴含着人
们对大自然的敬畏之情，亦可见隆安壮族群众对稻神的崇拜与信仰。

Agricultural
Heritage

**"那"乡人的农家生活** 17

阿勤家的鱼塘就在村边，偌大的塘里边白花花的一片鸭子。许多小鸭子在享受美味，我们乍一过去，它们吓得全部下了水，两只脚板扑腾扑腾地游走了，煞是可爱……

# 一、下乡不易

那桐镇是隆安县10余个乡镇中，名称唯一带有"那"字的，自古就是名副其实的"米仓"，"那文化"底蕴深厚。那桐镇农具节正是隆安"那文化"最具代表性的一张名片。农具节的前身为"冯圣诞"或"浴佛节"，相传形成于明天启、万历年间，每年都举行隆重的祭祀活动，由于来的人多，逐渐形成了庙会，就有人拿自家的农产品和自制农具来卖，后来逐渐发展成为颇具规模的农具市场，各种与农事相关的农具应有尽有。1965年，当时乡政府根据节日期间集市商贸活跃、田间地头到处都是农具交易的特点，将这个节庆定名为"那桐壮族农具节"。自2012年起，隆安县每年都会隆重举办隆安"那文化"旅游节暨四月八农具节。农具节自此由一个乡镇范围内的节庆上升到了县级层面。

借2017年那桐镇四月八农具节之机，我第三次前往隆安。这次不同的是，我计划到村里边居住。提及下乡，本套丛书主编苑利研究员多次提出指示和建议——"一定要到村子里边住，这样才可以与农民打成一片，发掘出更多的故事素材"。第一次调研之时，我就向文体局的几位领导提出，希望找一个传统稻作文化保存较好的古村落，去那里住几天，最好是还保留有传统干栏式房屋的村子。他们也费了不少力气试图寻找这样一个典型，无奈的

那桐定典为体现"那文化"，设置了稻草人（何宏生摄）

是，隆安县稻作区多位于平原地区，对外交通方便，都已经比较现代化了，下乡计划暂时就放下了。

第三次去隆安之前，为了不留下遗憾，同时也是为落实苑利研究员的要求，我一再向黄书记提出请求，希望她务必帮忙在乡下找一个合适的住所，最好是古村落。那桐镇是隆安县距离南宁市区最近的镇，是县里边经济状况最好的镇，再加上一时安排几个人的住宿也不容易，因而我的这个请求颇让黄书记为难了一番。经过多次电话沟通，她最终帮我们找了一个村子，这就是她先生侄女的村子——那桐镇西北方向约8千米的上邓村，一个人口超过2000人的大村，也是野生稻保护基地所在的村。同时，黄书记一再温馨提示，村子已经比较现代化了，让我们不要太失望。

## 二、农家生活

5月2日晚上9点多，黄书记带领我们4人来到了上邓村。村子路边有一家商店，门口有不少老乡在乘凉，都带着疑惑的眼神看着我们。穿过一条巷子，走了不远，便来到了目的地——一栋新盖的二层楼房。女主人阿勤便是黄书记先生的侄女。她与我同龄，是一双儿女的母亲。儿女均在县城读书，五一假期刚过，已经返校了，这样才给我们腾出地方居住。出发之前，我一再交代3位女生，要做好去村子里吃苦的准备，看来我是多虑了，阿勤家的居住条件相当不错。一层是她的家公家婆居住，客厅宽敞明亮，用的是自来水，煮饭用煤气。两位老人家七十来岁，身体硬朗，热情地招呼我们吃水果。阿勤夫妇住在二楼，也将我们安排在二楼的两个小孩的房间。上了二楼，客厅也不小，沙发看得

上邓村人的稻田养鸭（赵飞摄）

出也是新购的，墙上挂着一台40多吋的电视机，家里有无线网络。坐下来一番寒暄之后，黄书记就离开了。阿勤让我们坐下休息，看看电视，电视播放的是当时的热播剧《人民的名义》。她说："这是网络点播，最近这个剧挺火的。"我们顿时有一种是不是已经在乡下的怀疑。

等我们安顿好，开始洗漱时，阿勤从茶几下拿出了一桶铜线条，摆上加工器具，开始做她的手工活——串线圈。原来，2010年6月，某电子公司在附近的双邓村开设了电子线圈加工项目点。电子线圈加工是一项比较简单的手工活，可以闲暇时在家中操作，特别适合家庭妇女。阿勤正是从电子线圈项目点领回的这些材料，报酬是按件计算，每件5分钱。阿勤的手艺已经相当熟练，一分钟便可以做四五件了，她平时得空就做一些，一个月下来，一般也会有数百元的收入。

我问她："你家里现在主要靠什么挣钱呢？"

"养鸭、养鱼，在村口承包了一个鱼塘。不过今年的鸭子便宜，不怎么赚钱。"回答我的同时，阿勤也没有耽误手中的活。

我特别关心稻田的问题，于是问："那田里种些什么呢？现在有没有水稻？"她回答我说："旱地种香蕉多，水稻只是种晚稻，早稻不种了，种晚稻口粮就够了，南瓜效益好一些，打理起来不怎么费事。现在村子里的水田有一千来亩，早稻应该也就五十来亩了。这几年大家都是种南瓜。田里的活基本是家公家婆在打理，我们两个就是忙养鱼养鸭子的事情。"原本我还计划到田里体验一下种水稻，现在看来是泡汤了。

## 三、上邓见闻

早上7点钟，天色已经大亮，我决定到村子里走一走。下楼一看，阿勤的老公已经在准备早餐了。他做了韭菜炒肉末，正在用米粉皮包裹起来做卷筒粉。卷筒粉是特色美食，为了招待我们，男主人提前在圩市买了包装的米粉皮。村子的早晨是忙碌的，走出巷子，我看到路口有一位村民在卖猪肉。他告诉我，猪肉卖14块一斤，每天卖二三十斤，能赚三四十块，早上6点半过来，这时已经差不多卖完了。我在路边站了一分钟的工夫，他的猪肉已经售罄。只见他将放肉的案板随手放到旁边一户人家的墙边，收拾好刀具后，就骑摩托车回家了。

村子距离右江约一千米，水资源丰富，周边有不少鱼塘，若遇到干旱季节，村民就通过水渠从右江补水。在村子的中心位置，有邓氏祠堂，墙上挂有一条红色横幅，上面写着"热烈欢迎靖西县兄弟姐妹回乡祭祖"。靖西县在百色市，与越南交界，我之前去过一次，是一个自然景观与特色文化俱佳的地方，距离隆安县近200千米。后来听阿勤讲，这是村民在三月三祭祖扫墓时挂的，靖西县的邓氏族人从这边分出去七八代了，他们3年来一次，今年来了20多辆车，近100人。当然，他们村的人隔几年也会过去靖西县那边祭扫。

回到阿勤家，吃过早饭，我带几位同学去田里看看。阿勤家的鱼塘就在村边，偌大的塘里边白花花的一片鸭子。许多小鸭子在享受美味，我们乍一过去，它们吓得全部下了水，两只脚板扑腾扑腾地游走了，煞是可爱。阿勤的老公则正站在远处的塘边喂鱼。走在乡村小路上，看到路边都是南瓜地，路上摆放了一堆个头不小的南瓜，估计是主人摘后临时放在这儿的。这是难得的体验，我抱起一个大南瓜，让同学帮忙照了几张照片。这时，一位阿伯开着装了半车南瓜的手扶拖拉机路过，后面坐着他的妻子和孙子。我们就上去搭讪，原来他们要去附近的田里收南瓜，我们也跟去看看。大伯告诉我们，瓜田的活只有他们两位老人在干，儿子和儿媳在城里打工，留下两岁的孙子每天都和他们一起下地。小朋友喜欢坐在拖拉机上那种摇摇晃晃的感觉，聂瑞同学喜欢新事物，

阿勤家的鱼塘（赵飞摄）

也坐上拖拉机体验了一把。小朋友有些怕生，几位同学和他逗笑，竟然把他给逗得哭了起来。

后面几日，得空我便与阿勤的家公邓大叔聊天，以便获得更多的信息。只是老人的普通话也不太灵光，交流起来略有些难度。邓大叔身材高大，七十来岁却满头的黑发，身体相当硬朗。他有两儿一女，阿勤的老公排行第二，大儿子和女儿均在县城上班。一日清早，老人家说出门

收南瓜（赵飞摄）

去喂鸡，我就一同前去。养鸡的地方在村子的另一头，是他们家的老宅。房子也不算破旧，看上去建了也就十来年，但现在没人住了，老人家便将这里做成了"养鸡场"。我数了下，大概有五十来只鸡，我问他养这些鸡经济效益怎么样。他回答我说："这些鸡不卖的，只是逢年过节杀来吃的，儿子女儿回来也会带几只回去。"

## 四、民间俗语

通过几天与邓大叔等人的聊天，我听到了不少有关"那文化"的民间俗语，后又查阅相关图书资料，大致整理了下，可以将其分为两类。一类是生产常识类，如"清明播种，谷雨插秧""节气到秋分，禾小也抽穗""夏至未插秧，等着饿肚肠""种田卡在立秋，得种不得收""立秋日下雨，收水车归仓""大暑不炎热，晚稻虫难灭""四月做辘，田水不枯""干田看小满，水田不须管（民国《隆安县志》如此解释：小满日以得雨为佳，相传是日雨，则一月之内必多霖霖，农利耕种）"等。其中，还有一个隆安地方特色的谚语——"娅王死日（农历七月十八）无雨下，田里谷发芽"，意指娅王死日那天如果不下雨，秋收时就会阴雨连绵，稻谷就会烂在田里发芽。这类俗语是长期以来隆安人积累的稻作生产经验，至今仍有指导生产的意义。另一类可以称作生活常识类，更加生动有趣。这类数量较多，罗列如下："借白米还稻谷——不像话""鸡跌进米仓——命好""做师公荒了田""再饿也不能吃谷种""乞丐嫌弃锅巴——挑三拣四""咱们的糯米饭黑，别人的更黑——得谦虚""糍粑掉进灰烬——难拍得干净""种田不好荒一造，教子不好害一生""过了桥扔拐棍，吃了米饭把叶扔（过去壮族农民外出习惯带一包米饭，吃完后就把包饭的叶子扔掉）——忘恩负义""放牛进秧田——荒唐""抬着石臼就木杵——办蠢事（石臼比木杵重得多，也可以说"抬着柱子就凿子"）""干饭不顾却顾稀饭——主次不分""人家戽河水，他捉鱼""露水煮饭——难""稻谷饱满穗低头，稗谷饱满穗顶天（稗谷为田间的杂草，高于水稻）""共塘养不好鱼，共田种不好谷""接吃榨粉器下的粉条——太心急"。这类俗语充满了生活智慧，虽然有一些与汉语的表达类似，但也具有鲜明的"那"乡特色。

邓大叔平日话不多，很少主动与我们聊天，对我们却也是关照有加。一天晚上7点多，我们还在镇上考察农具节，邓大叔打电话过来让我们早点回去，家里已经杀了一只鸡，准备了丰盛的晚饭。上邓村人的热情好客还体现在他们近乎独有的一个节日。每年的农历八月初二，各家各户都会杀鸡鸭，搞百家宴款待亲朋，阿勤家每年也请客10多桌。而这却是一个无名的节日，仅仅是约定俗成而已。阿勤说，为了便于向外人表述，有的村民将八月初二称为建村节。对此，黄书记也一样讲不清这个热闹的节日是何由来。请人吃饭喝酒，兴许压根不需要理由，这不恰恰是上邓村乃至全隆安人可爱可敬的一面吗！

那桐四月八农具节

18

在我们下车位置的附近，就发现了七八个兜售农具的摊点。摊主大都是老人家，用具大多是竹编制品，有簸箕、鱼篓、草帽、扇子、提篮、箩筐等。也有不少木制和铁制品，如蒸饭用的甑子（饭桶）、牛轭、砧板、扁担、水桶、锄头、铲子等，此外还有木床等家具。有一个摊位，摊主是一位满头白发的老者。他戴着老花镜，为了辨别钞票的真伪，还带了一个手电筒，时不时拿出来照一下客人给的大额钞票……

# 一、交通管制

农具节是隆安县的一件大事情。农历四月初七，我们路过那桐镇，此时已经感受到了浓厚的节日气氛，宽阔的道路两边及中间设置了无数的摊位，有美食一条街，卖服装的摊位最多，卖农具的则不多见。由于现在的农业生产大多机械化了，传统的农具少用了，现在虽名为农具节，实则颇像一个规模特别大的物资交流大会，活动时间共6天（4月29日—5月4日），不过当地人说四月初八卖农具的就会很多。到了晚上7点多，人开始多了起来，美食摊位前挤满了顾客。农具节如此大的人流量，治安工作非常重要。在镇政府大院，即便是晚上，县里众多部门的领导都还在加班，其中也包括文体局的几位领导。

四月初八是活动最为关键的一天，一年就那么一次，附近的群众，谁都不想错过了农具节。在距离那桐近20千米的城厢镇东安村就流传着这样的故事：一位阿婆为了参加农具节，怕不及赶路，前一天晚上就编好辫子、打好发髻，睡觉时用木瓢托住后脑勺，生怕睡觉时乱了发髻。那桐镇在这一天实施交通管制。黄书记做事谨慎妥帖，为了我们次日能顺利进入镇区，特意找到交通部门，拿了一张盖了那桐镇四月八筹委会红印的通行证。晚上回到上邓村，我问阿勤明天去不去参加农具节，没想到她要以另一种身份去参加。原来她在村委会有点职务，明天早上6点就得赶去镇上，被安排做一些交通疏导的工作。

四月初八，听闻农具节活动是上午11点开始，我们上午9点从上邓村出发前往镇上。尽管黄书记担心会堵车，走了一条冷僻的路，结果还是拥堵了大半程。原本只有20分钟的车程，结果行驶了40多分钟。尚未进入镇区，已见到路边的空旷处都成了临时停车场，停满了汽车、摩托车。好在我们的车有通行证，警察查验后，顺利进入了镇区。

## 二、农具与草药

　　这天晴空万里，天气预报显示，隆安当天的气温最高有35℃。刚下车的我们，就被一股股热浪震慑住了。尽管天气炎热，前来买卖的人可一点也不少。在我们下车位置的附近，就发现了七八个兜售农具的摊点。摊主大都是老人家，用具大多是竹编制品，有簸箕、鱼篓、草帽、扇子、提篮、箩筐等。也有不少木制和铁制品，如蒸饭用的甑子（饭桶）、牛轭、砧板、扁担、水桶、锄头、铲子等，此外还有木床等家具。有一个摊位，摊主是一位满头白发的老者。他戴着老花镜，为了辨别钞票的真伪，还带了一个手电筒，时不时拿出来照一下客人给的大额钞票。有了这些保障措施，相信老人应该不会收到假钞。这些摊主的货品都是自家制作的，销售量不大。我看到一位老奶奶，虽然天气热，她

农具摊点（赵飞摄）

村民选购农具（何宏生摄）

依然戴着头巾，摆卖的就是自己编的扇子，材质是一种常见的水草——蒲草，有三四十把，每把卖5块钱。

在熙熙攘攘的街道上，摊点多以服装为主，但有些摊点卖的东西让我看不懂，只能求教于雷老师、黄书记。比如，有不少摊点卖的是一捆捆的树枝、木头，有的是切割整齐的小截木棍，还有的卖一些"青草"或"干草"。我一度认为那一捆捆的木头是做燃料的木柴，雷老师纠正了我，告诉我上述这些通通是药材，有些他也叫不上名字。经过询问这些摊主，得知这些奇奇怪怪的植物分别是金钱草、红吹风、黑吹风、杉木寄生佛手、过江龙、山花生、小叶枫木寄生、铁木寄生、苏木、牛膝、佛手等等。这些药材有各自的疗效，如短截的红色木棍，当地称之为"红木"，用来煮水喝，可以治疗"内伤"。许多名字都是当地的俗称，其药理也是复杂，在此就不赘述，免得误导了读者。后来我在旧书

卖中药材的老人（聂瑞摄）

网买了一本广西河池（同为壮族聚居区）1969年编写的中草药手册，其中介绍的常用中草药植物竟然多达230种。

## 三、旅游节展演

　　农具节的会场位于镇中心的一处篮球场，四周的建筑上挂满了各企业单位祝贺节日的彩色竖条幅。上午10点半，球场四周的看台及街道上已经挤满了前来观看的群众，应有数千人。球场的一头是舞台，球场中间摆了多排座位，是地方领导、代表及表演人员的位置。11点左右，2017年"中国·隆安那文化旅游节"在欢乐的氛围中正式拉开序幕，主持人仍是熟悉的何生德先生。第一个环节应是民间性质的，包括3项内容，分别是祭稻神、敬牛和求雨仪式。3个仪式中负责敬法事的师公，

2010年的农具节开幕式活动会场（何宏生摄）

也是一张熟悉的面孔，是去年六月六稻神祭时见过的吴凯。

祭稻神环节与六月六时相似，有所不同的是，现场有一座装扮鲜艳的娅王神像，这也是我在隆安见到的仅有的一座人造娅王像。缘何有敬牛仪式？原因在于隆安的四月初八同时也是牛的节日——牛魂节。旧时的这一天，家家户户认真打扫牛栏内外，并在牛栏外放上供桌，上面摆满酒肉和点心，燃蜡烛放鞭炮，喂牛糍粑糯米饭，当天给牛放假，还给牛梳洗打扮遛弯。因而，有一种观点认为农具节的前身即为牛魂节。广西民族大学的研究生戈梅娜在其硕士学位论文《壮族牛文化的民俗学研究》中曾记录了2013年农具节展演中的敬牛仪式。当时，有两位年过半百的老农牵着两头大水牛在现场，具体情形是："祭词朗诵完毕后，一群身着蓝色壮族服饰的女子齐刷刷地跑来对着牛唱起壮族敬牛山歌。天气炎热难耐，水牛这时候特别焦躁，难以控制，一些程序环节像敬牛比赛在无奈之下只好简化掉了。"今年的敬牛仪式上，只有一头水牛的模型。看来，为了保障敬牛仪式的顺利进行，大致每年都会对其做一些调整与改进。何生德先生在师公做法事的同时，用壮语演唱了一首敬牛山

敬牛仪式（赵飞摄）

歌（内容与2013年的不同），汉语译文如下：

四月水灌田，牛耙田插秧；谷抽穗扬花，发家靠耕牛。

农家有耕牛，不愁家不富；牛给人富足，送五谷丰登。

牛是农家宝，给咱好收成；三花酒两瓶，尽情喂牛喝。

牛劳作辛苦，咱清楚牢记；牛是好兄弟，手足两相依。

牛耕田犁地，奋力脚不停；牛对人有情，要真诚待它。

求雨仪式（赵飞摄）

　　求雨仪式，除师公做法事外，还有两位男女青年身着农家服装，跪拜在地，以祈求上天降雨。与此同时，何生德先生用壮语高声朗读了求雨祭文，汉语译文大致如下：

　　云啊云，天啊天，请下几场雨；滋润我大地，让禾苗发青。
　　稻谷叶不青，民眼睛泪流；烧香把天求，解苦救民忧。

雨水滋秧齐，不愁吃愁穿；求苍天开眼，军民念恩情。

百姓把香烧，求风调雨顺；甘雨阵连阵，晨昏谢天神。

降雨解民忧，庆丰收酬神；九月粮入库，杀猪再叩首。

3个仪式结束后，官方的文化旅游节活动正式开幕。舞台上有4位主持人，其中一位讲壮语。第一个安排是有关领导上台"龙头点睛"，所用的龙正是国泰社区的第三代稻草龙。点睛结束后是舞稻草龙表演。舞龙队员男女各半，身着稻草衣，分列成两支。一条龙背部为黑色，另一条为红色，两条龙争抢着游动的龙珠，闹腾又喜庆。他们技艺高超，俨然和高举的稻草龙融为一体，赢得了现场群众的热烈掌声。之后的节目也多与"那文化"相关，如千人祭拜稻神、祭拜农具，以及第一次搬上舞台的远古大石铲祭祀舞等表演。

龙头点睛（赵飞摄）

开场重头戏——舞稻草龙（赵飞摄）

远古大石铲祭祀舞蹈（赵飞摄）

## 四、三界巡游

展演节目结束后，接下来就是热闹的"三界巡游"。之前我已经留意到在会场中心的四周放了一些诸如脱谷机、龙骨车、耙等较大型的传统农具，它们都被放在了推车之上。我前去拍一些照片，推车之上的村民为了配合，还友好地示范如何使用这些农具。这些农具，正是三界巡游的重要道具。巡游队伍从会场出发，渐渐形成了一条近500米的长龙。巡游队伍由警察开路，排在最前方的几位村民举着两条横幅，分别写着"三界巡游""那桐四月八"。他们之后，数位村民抬着祭品（一头猪、一坛酒），簇拥着"三界神"。再后面则是参加巡游的各类人员，包括负责奏乐的师公仙婆、一干信众、农具展演队、活动赞助单位代表等。队伍所到之处，无论是卖家还是买家，都纷纷停下手头的事情，拥到路边观看巡游。此时的那桐镇，正经历着一年之中最为喧闹的时刻！

巡游队伍的路线比较曲折，主干道之外，他们还会走家串户，据说不少的赞助单位门前都要路过才行。我们决定到位于右江边的三界庙等候，因为此处是巡游的终点。广西的壮族群众普遍崇拜三界神。所谓三界神即为冯三界，名克利，是明代弘治年间贵县（今贵港市）人。雍正《广西通志》有记载他的事迹："冯克利，贵县人，尝往北山采香，

巡游中的传统农具元素（赵飞摄）

巡游中的稻作文化元素（赵飞摄）

右江边的三界庙（赵飞摄）

遇八仙对弈，分得仙衣一袭，无缝痕。及回，则子孙易世矣。闻之官，赴省勘问，将克得覆洪钟内，绕以薪，焚之。及启，视克得端坐，遂表闻，敕封游天道三界。比回，至苍梧江口，羽化。”民国《隆安县志》有载：“那桐、下颜（雁江旧称）之四月初八冯圣诞为最盛，有自四五十里之外观热闹者。”此处所指的“冯圣诞”就是那桐四月八农具节的前身了。现在的三界庙，为1995年重建。庙前有清光绪元年（1875）重修三界庙时留下的石碑——《首事碑记》，其中有记载：“（三界庙）创始已不可考，相传厥有历年，期间屡毁屡修。”大约中午12点半，三界神像回来了，巡游队伍到此处只剩下师公、仙婆及一些信众。在一位手持摇铃和如意的师公主持下，几位年长的信众小心翼翼地将神像放回了原位。

午饭是在那桐镇上一位文体局工作人员的家中吃的。主人很热情，午餐很丰盛，菜式很多，大多是地方特色美食，有腌制的青椒、卷筒粉、鱼生、白切鸡、炸花生、酸醋黄瓜、笋干炒肉和炒空心菜等。

下午在街上，我们找到了美食一条街，这是政府部门为推介名特优产品组织相关农业企业特别设立的。这里宣传和售卖的多是隆安特色小吃与农产品，有屏山、都结的手工豆腐，那桐的腊肉竹筒饭，城厢的艾叶糍粑、三角粽、荞麦馒头、柠檬鸭，布泉的酸肉酸鱼、更望湖荞麦粉，雁江的米粉、粉利、月饼、酸梅酒、香米，丁当的鸡蛋，等等。这些摊点的老板非常热情，似乎并不在意我们是否有购买的意愿，不仅让我们尽情品尝，还会赠送一些小吃。他们唯一的条件就是让我们帮忙多宣传。

## 五、踩花灯

当天中午，在三界庙的一位阿婆告诉我们，晚上7点这里会举行"放花灯""踩花灯"仪式。于是，晚上6点多我们再次来到三界庙。但由于放花灯比预告时间早了一些，我们赶到三界庙对岸的右江边时，信众在师公、仙婆的带领下已经将118盏花灯放到了江中。此时，江面在花灯的点缀下斑斑点点。返回三界庙，大家开始忙碌地筹备踩花灯。踩花灯是广西壮族群众的一种独特的祭祀仪式，如今已经成为重要的非物质文化遗产予以传承和保护。表演前，信众事先用白石灰画一个圆形，在圆之中用横、竖线均匀地绘画出放灯的点，场上合计放128盏花灯（粉红色莲花形状的碟，其中置灯油）。开始后，由七八位师公、仙婆，身着僧服、道服，分别手拿摇铃、锣鼓等法器和乐器来表演，一旁还有几位身着普通民服的乐师奏乐。舞蹈的动作比较简单，步伐仅有"便步""小跑步"，队形却复杂多变。音乐的旋律简单，却也是优美动听，百听不厌。师公、仙婆在花灯阵中的舞蹈线路看似无规律，却也

江中的118盏花灯（何裕摄）

步伐有序，没有冲撞，只是偶尔有一两盏灯被风吹灭，这时旁边的信众就走入阵中再次将灯点燃。

　　这时已近晚上10点，师公、仙婆停下了舞步，稍作休息。在黄书记的提醒下，我们想起还没有吃晚饭。在场的两位热心信众说，三界庙准备了斋饭，可以在这儿吃。说是斋饭，倒也有鸡、鸭等肉类。饭后，我们已经人困马乏，实在无法坚持到下半场，就返回了上邓村。

踩花灯仪式（赵飞摄）

Agricultural
Heritage

## 从金榜山到稻神山

19

我曾几次提出想去看看稻作祭祀遗址群和石雕塑群，文体局的同志或出于谨慎，没有带我前去。不过我倒是挺喜欢"稻神山"这个名字，至少是过目不忘。再者，金榜山明代时已有"艺娅山"之称，"娅"字在壮语中是阿婆的意思，远望金榜山，活脱脱一位阿婆在安睡。而稻神娅王又何尝不是一位阿婆呢，从这个角度称之为"稻神山"情理上也说得通……

## 一、稻神山的诞生

金榜山又称榜山、挂榜山，当地的壮族群众多称之为岜娅山，位于县城东南的乔建镇儒浩村境内，自古就是隆安县最具代表性的名胜。明嘉靖《南宁府志》有载："金榜山在县东南八里，俗称岜野山，有岩有池，四塞如城，内有莲花塔，一石人端坐，俗呼希夷先生，上有一擎天柱，下有石盘，顶有小池，右有天星鱼二尾在内，今无。邑令姚居易名曰第一洞天。"正是因为金榜山"数峰绵亘排列，如挂榜然"的缘故，清乾隆五十七年（1792）广西学政朱方增与地方乡绅协商建设书院，最终选址在县城东门外学宫之右侧，王文成公祠故址（今隆安中学的位置），命名为榜山书院。后来，隆安县令又于清光绪二十年（1894）在县城右江东岸的独秀峰顶修建了榜山文塔。由此可见金榜山在隆安人心目中的地位，人们已经习惯将其作为隆安的代名词。然而，金榜山最早引起我的关注，却是因为它近年才有的另一个名字——稻神山。

通过网络检索可知，稻神山这一名称最早出现的时间为2012年的9月。同年7月至8月，受隆安县政府邀请，广西骆越文化研究会组织专家到金榜山做了全面调查。调查有了若干重要发现，其中最引人注目的是："发现了中国最大的稻作祭祀遗址群

榜山文塔耸立于独秀峰（岜空山）顶（赵飞摄）

榜山文塔（聂瑞摄）

和石雕塑群，发现了遗址中的古骆越文字。"骆越研究会提供的《隆安稻作文化品牌打造大事记》一文中这样描述："稻神山原来是一个天然形成的巨型人像，大石铲时代的古骆越人把她当作稻神来祭拜，形成了一个中国最宏大的稻作祭祀遗址群。……面积约10平方公里。"9月份，《中国文化报》、《中国社会科学报》、新华网等媒体均以"隆安发现古骆越大型稻作文化祭祀遗址群"为标题报道了此事。缘何为祭祀遗址？《中国文化报》的报道与骆越研究会所言的"人像说"不同，如此说："稻神山实际上是一座大石铲文化时代的岩洞葬遗址，其中最大的一个岩洞葬有石城封砌，但已被人盗挖。此次发现的骆越稻作文化祭祀遗址群位于稻神山南面，祭祀遗址分布于各个山坡的坡顶，多筑有夯土的祭祀坛，祭祀坛上有众多大石铲祭祀坑。"大概是因为这一发现，金榜山才有了"稻神山"之名。不过目前，这一调查结论在学术界尚有一些分歧和争议。在隆安，我曾几次提出想去看看稻作祭祀遗址群和石雕塑群，文体局的同志或出于谨慎，没有带我前去。不过我倒是挺喜欢"稻神山"这个名字，至少是过目不忘。再者，金榜山明代时已有"岜娅山"之称，"娅"字在壮语中是阿婆的意思，远望金榜山，活脱脱一位阿婆在安睡。而稻神娅王又何尝不是一位阿婆呢，从这个角度称之为"稻神山"情理上也说得通。

## 二、文化园

2013年，在梁庭望先生等专家的建议下，隆安县提出了建设"稻神山文化园"的构想。"建设稻神山文化园的意义在于建设一个能够形象地展示隆安稻作文化传统的文化园，使'那文化'旅游产业成为隆安新的经济增长点。稻神山文化园是世界稻神祭祀圣地、古稻神祭祀大典

北面眺望金榜山（何裕摄）

的表演舞台和稻作文化的生态博物馆，是重要的绿色休闲胜地。"该园区计划建设的项目与设施包括：（1）大石铲祭祀坛。建设地点在稻神山东南面山坡上的古大石铲祭祀遗址，是古大石铲祭坛的复原工程。（2）稻神庙。建设地点在儒浩村发现的稻神像周边。（3）雷坛。建设地点在稻神山后弄的雷坛原址。（4）稻神祭表演舞台。位于稻神山东面山脚下。（5）稻神山城墙和城楼。修复稻神山的三道城墙和城楼。（6）其他包括登山游道、岩洞葬展示馆、游乐生态园、户外攀岩区、民俗村、环山景观道路、野生稻基地、"那文化"广场、贵人看榜、"那文化"走廊等等。旅游产业的发展离不开项目的支撑，我也认同这份策划方案。如顺利建设，外地游客来到"那文化"之乡，必然能够得到全方位的文化与休闲体验。

也正是因为稻神山的名号，专门调研"那文化"的我前两次到隆安均有登山的计划。第一次近距离接触金榜山是在2016年7月8日，黄书记

带我们师生9人到山脚下做了短暂的停留。终归是因为尚不了解情况，对于行程的安排只能客随主便。此行印象最深的便是远远望去，金榜山确实像一位沉睡的阿婆。这样的景象倒也不罕见，例如在广东平远县的南台山，也有一处类似的山景。地方政府发挥创意，对外宣称是"世界第一天然大佛"，进而策划了集"祈福观光、休闲度假、运动养生、生态保护"等功能于一体的南台卧佛山文化旅游产业园项目，现已获得了大量投资，建设也初具规模。从旅游项目策划的角度来看，南台山的案例是一个好的示范，从"金榜山"向"稻神山"理念的演变，不失为一个好的思路。

## 三、第一洞天

第二次赶赴隆安时，连续几天阴雨连绵，我也只能在山脚下驻足眺望金榜山。2017年5月4日上午，一再错过机会后，黄书记和阿勤做向导，我终于如愿登上了金榜山。黄书记说，从山的东北麓上山能够登上半山腰处的"大岩洞"。该岩洞虽自古就知名，至今却还没有一个名字，暂以此称呼。大岩洞中有明代嘉靖年间县令姚居易所题的"第一洞天"。因为金榜山尚在原始状态，没有进行旅游开发，山路难行，她特别交代阿勤带了一把镰刀，路上可以砍除一些挡路的草木。前往大岩洞的路虽不远，却十分难行。

耗费一番力气后，大家平安抵达了大岩洞，发现用"大"字形容不恰当，应该是"巨岩洞"。整个岩洞为喀斯特溶洞，体积硕大，洞中又有洞，有的深七八米，有的则在高处，容纳上千人都不成问题。主洞宽20余米，最高处约有15米。因岩洞为穿山洞，南端的洞口十分开阔，再加上当日天气晴朗，因而里边光线很好。可以清晰地看到，岩洞上端及里侧布满了大小不一、形态各样的钟乳石。我虽然去过不少喀斯特溶洞，但都是在五彩斑斓的灯光下看，大岩洞自然光线下的景观还是另有一番韵味。主洞内不少石壁光滑，上面多有留下不知是古人还是现代人的诗句和涂鸦。其中，有一位黄姓人物（落款处已经模糊）看似用毛笔写下了"名山有奇洞，人间有真情"。文字为繁体，看书法亦有一定功力。题词将"名山奇洞"与"人间真情"巧妙地结合了起来，引人遐想联翩。

在大岩洞较暗的一侧岩壁，经过一番寻找辨认，我们终于找到了姚居易所题写的"第一洞天"，其左下方隐约可见"姚南崖书"4个字。姚居易号南崖，字迹虽已经有些模糊，但确定就是他所题的了。黄书记用多部相机认真拍下了这处字。隆安县的相关图书文献、宣传资料经常讲"第一洞天"，却未见配图，我想这些图片将来应该能够派上用场。该洞的另一侧透光处，面积也很大，站在洞口向下看，郁郁葱葱的草木

大岩洞内的钟乳石（赵飞摄）

已经遮挡了视线。黄书记告诉我，下面是天坑，没什么人进去过。以前，听爬上山的老人说，山下有3个大天坑。为了开发金榜山，2012年5月，隆安县文体局聘请了航拍影像公司专业人员对金榜山的山脉进行全方位的航拍。据现场航拍的图片确认，山脉之上确有一个巨大天坑，其直径约200米，深约160米；另外一个天坑在南面缺了一个大口，人可以直接走到坑底。这次航拍，也否定了有3个天坑的传说。

此大岩洞上方的东侧有两个子洞，我便顺着岩石向子洞走，无意中看到一处岩壁有一正方形的凹槽，长宽约一米、深约半米，颇像人工凿制的。我想起民国县志里一段有趣的记载："县诸生陈汝兴尝在岩中习先天道，所有一切花果皆其所种，至今犹存。厥后时隐时见，莫知所终，人皆以为仙去焉。"陈汝兴，清代同治年间的人物，兴许当年"成仙"的他就在此打坐修炼呢。想到此，我坐了进去，还真是大小适宜。清中期李诚所撰的《万山纲目》如此描绘金榜山的景色："（大岩洞）峭壁耸拔，有三层岩，可容千人。顶有石池，南麓有谷。从麓拾级而升，中有玉女井，上有明和洞。再上为雷坛，雷坛深处为飞云谷、白猿崖、横烟嶂、香炉峰诸名胜。"除大岩洞外，其他诸景及历史上留下来的遗迹我难以企及，听闻20世纪90年代山体已有一些破坏，再加上迄今当地也未做深入调查，只能从此记载中大概了解其情形了。

## 四、寒碜的"贵人"

此大岩洞虽然身处半山腰，却也无法再继续向上攀登，于是我们又小心翼翼地沿着原路返回了山下。下山大家依然很狼狈，几乎全身都沾上了泥土。下山后，可以轻易地看到位于西北方向的"贵人看榜"。明嘉靖《南宁府志》有载："（金榜山）旁立一峰，形似人像，名为贵人看榜。"不过

洞外有天（赵飞摄）

已被破坏的"贵人"（赵飞摄）

现在的"贵人"有些寒碜了，整个山体从侧面被削去了小半，露出了光秃秃的岩土。原来前几年，这里成了采石场，后来虽然被制止，但仍被挖成了现在这个模样，不得不说是一个遗憾。

后来翻看《徐霞客游记》的金榜山游记部分，发现他不如我们走运，恰恰缺少一位向导。《百粤志》记隆安有金榜山，因此徐霞客前往考察。估计是当地人更多地称呼为岜娅山，他问了多人，都无人知晓此山。他当时疮病痛苦，不思远行，便就近爬上一座山，也考察了一处山洞。他写道："（洞）门以内，隙向西北穹起；门以外，隙从崖麓坠下，下峡深数丈，前有巨石立而掩之，故自下望，只知为崖石之悬，而不知其内之有峡也。"他考察岩洞描述的景色不同，也未提及"第一洞天"的石刻，可见此处并不是我们登临的最具代表性的大岩洞。其游记也交代了这个问题。下山后，在儒浩村，一位村民问徐霞客："游金榜大洞乐乎？"此时他才知道此山原来就是金榜山！于是他问村民："大洞云何？"村民回答曰："是山三面环列，惟西面如屏。大洞在前崖后高峰半，中辟四门，宏朗灵透。"这时候他才明白，他考察的是前崖小洞，"尚非大洞也"。

虽然只是考察了一角，但金榜山依然给我留下了深刻的印象。整个大岩洞及其前后山色，无论是自然景观，还是人文底蕴，都是优良的旅游资源。如果能够投入一定资金，组织人力对金榜山进一步考察，摸清生物资源，依据文献记载再进一步修缮或复建相关古迹，完善基础设施，必然能够恢复昔日的风采。再者，若稻神山文化园的一系列旅游项目顺利建设，也必将在旅游接待方面有质的提升。我想，到时无论称呼其为金榜山还是稻神山，它都必将成为隆安县最具影响力的旅游点，进而能够有力地带动全县"那文化"旅游产业的发展。

"那文化"的前行　20

辛苦的付出必有回报，如今隆安"那文化"品牌日益响亮，同时也产生了良好的社会效益与经济效益。正是因为隆安人的这些优秀品质，我深信"那文化"之乡的明天必然会更加美好……

# 一、野生稻保护记

任何文化都不是一潭死水，总是处于变化之中。前文述及的隆安"那文化"事项，大多经过了数百乃至千万年的历史积淀，而随着历史的不断推进，"那文化"的内涵也同样处于积累之中，新的文化事项不断地得以注入。

隆安县所在的那桐—坛洛平原气候炎热多雨，土地平坦宽阔，湖泊湿地众多，非常适合野生稻的生长，历史上这一带也曾有广泛的野生稻分布。一些权威的机构与论著已经明确指出，广西野生稻有两个多样性中心，其中之一便是大明山西南侧的隆安、扶绥和邕宁交界处的左、右江和邕江河谷地区。在隆安各地，现已发现多处普通野生稻，根据有关专家开展的野生稻资源优异种质鉴定研究，原产地在隆安县的野生稻优异品种被列入的达到33种。尽管野生稻在隆安自古就有，资源丰富，但纳入"那文化"的范畴，并着力开展保护工作，却是近些年的事情。人工栽培水稻的前提是必须有丰富的野生稻资源，在隆安县着力打造"那文化"品牌的背景下，2011年，文体局开始组织人员寻找野生稻，并于当年的9月，在乔建镇林科所附近（位于那桐镇上邓村）如愿发现了野生稻。据亲历者回忆："自然生长的野生稻，刚发现时的生长情

最初发现野生稻的地方（朱嫦巧摄）

野生稻颗粒（雷英章摄）

况最茂盛。后来田螺及水塘莲藕的肆意生长都对野生稻有些负面的影响。"2012年底，文体局出资采取了简单的保护措施，将该处的三分地圈了起来。后来，各级领导及专家前来隆安视察"那文化"，此处也是必不可少的参观点。许多领导及专家都提出，此处要扩大规模，建设野生稻基地。由于文体局缺少相关的专业技术，2015年，三分地的管理权就转给了农业局。在上级领导的关心与督促下，2016年3月，农业局制订了《隆安县野生稻保护工作方案》，进一步开展野生稻种质资源的保护工作，其中一项重要工作便是投入50万元（南宁市政府拨款30万，隆安县拨款20万）将基地扩大到10余亩，并全部种上了野生稻。

第一次在隆安调研时，恰好娅怀洞考古项目负责人、广西文物保护与考古研究所谢光茂研究员也正在隆安。文体局领导就带我们几人一起前往野生稻保护基地。一番寒暄过后，大家将车开进了一条狭窄的土路，步行一段，便到了野生稻保护基地，农业局的两位工作人员也已经在路口等候。整个保护基地面积不大，有一处围闭区，便是最初发现野生稻的地方。围闭区外，生长着一片面积不小的、茂密的野生稻，这些野生稻不是自然生长的，而是由农业局繁殖养育的。

农业局人员打开了野生稻围闭区的铁门，只见围闭区里边是一片浅水塘，长了不少莲藕。可供落脚的地方不大，仅有门口的一小片地方。水边的一角，生长了数量不多的野生稻，空间有限，大家便依次上前观看拍照。据悉，农业局未来计划将保护区向周边扩大至200亩，"为下一步申报建设国家级野生稻原生境保护区奠定基础，争取将隆安列入国家级野生稻原生境保护区"。估计以后再去野生稻基地，定是一个崭新的模样。

## 二、"那"乡的人

　　文化是人类创造和发展的，隆安"那文化"的丰富与发展要归功于生于斯、长于斯的隆安人。在隆安调研期间，我接触了无数的隆安人，他们的勤劳朴实、友善好客给我留下了深刻的印象。即便是一些民间习俗与信仰，也深深地打上了隆安人这种性格的烙印，各种名目的百家宴便是例证。又如在丁当镇，男青年之间就有结拜十兄弟的习俗（为南宁市市级非物质文化遗产）。十几位少年好友或志同道合的各村青年会选择农历五月十三（当地群众说此日是刘、关、张桃园结义的日子）这天结成异姓兄弟，以后彼此以兄弟相称，每遇红白事或建房等重大事情，兄弟们都出钱出物，全力给予帮助。同时，丁当镇的姑娘们也有她们的十姐妹。七夕的晚上，姑娘们把白天买来的肉菜汇集在一个姑娘家，大家一起煮饭弄菜。饭菜做好后，在院子里点上7炷香，拜祭七仙姑，然后大家共喝一杯酒，表示在座的姑娘们已经结成了姐妹。在边吃边谈

"那"乡的人（何裕摄）

中，大家各自把生辰八字报出来，按年龄排定大小。喝了结拜酒以后，大家即以姐妹相称。如有建新房、婚丧嫁娶等大事，姐妹们都自动前来帮忙，并捐钱赠物。特别是姐妹中的一个出嫁的时候，姐妹们都要送她到婆家，并通宵陪伴她度过在婆家的第一个夜晚，以尽姐妹之情。

踏实肯干、不计回报同样是隆安人的美德。位于右江东岸独秀峰顶的榜山文塔是隆安县最具代表性的文物。民国时期，独秀峰的山脚下岜念屯的黄有鹏是榜山文塔最后一位烧香人。他尽心尽责管理榜山文塔30余年，每逢农历初一、十五上塔烧香供奉神灵，而他获得的报酬却很少，仅仅是获得榜山书院三亩半水田的耕作权。虽时光流逝，隆安人至今仍惦念这样一个厚道的农民为保护文塔所做的功绩。当代的隆安人，依然有着黄有鹏式的性格，深深地爱着这方热土。仅就"那文化"而言，近年来隆安人脚踏实地，积极组织，做了大量具有前瞻性的发掘、整理与研究工作，并取得了丰硕成果，主要包括：完成了许多扎实的、有分量的学术成果；成功申报"中国那文化之乡""中国重要农业文化遗产"；推动娅怀洞、更也遗址、大龙潭遗址等处的考古发掘，并有诸多重要发现；成功申报多项南宁市和自治区非物质文化遗产项目，并着力加大芒那节、农具节、稻草龙等项目的宣传力度；花大力气征集相关文物，建成并开放"那文化"展示厅；建设野生稻保护基地，助力"那文化"建设；举办"中国·隆安那文化旅游节"，助推文化旅游产业发展；借助外界资源，积极推动"那文化"相关项目的策划与实施。

辛苦的付出必有回报，如今隆安"那文化"品牌日益响亮，同时也产生了良好的社会效益与经济效益。正是因为隆安人的这些优秀品质，我深信"那文化"之乡的明天必然会更加美好！

后　记

　　高校教师的职业性质，决定了写作就是我赖以谋生的手段，写作怎么说也算是我的一个长处。从在中山大学读研究生，我就开始写一些小文章，也跟着导师、师兄参与了不少旅游规划项目，写了不少规划文本。我偶尔还向学生半开玩笑地吹嘘："在我们系，论文章质量，我自愧不如。但若论文字量，我自认第一，10多年完成的肯定有数百万字了。"因此，在接受这个任务之初，我一度认为不是一个难事，无非是查查书籍，再到实地找些资料，根据遗产地的资源情况，把这些资料分门别类地加以堆砌，最后再文字梳理、润色便大功告成了。

　　本套丛书的主编是中国艺术研究院的苑利研究员。据实来讲，苑老师的工作真不像是一位"主编"。丛书涉及遗产地数量众多，仅召集这些作者、交代具体事宜想必就已经是一件不易的事情，但苑老师做的远不止这些。一开始，他就时常发邮件给我们这些作者，交代这本书应当如何写，特别强调要写成"田野手记体散文"，实地调研"像背包客一样，和农民打成一片"。之后又发邮件，告诉我们应当如何开展调研，发了他本人的调研提纲、协助函模板、写作样章供我们参考。渐渐地，我就觉得先前简易的工作方案已经行不通了，要不然无法通过苑老师这一关。2016年6月，我所在的单位承办了中国农业历史学会第六次全国代表大会，苑老师作为学会副理事长也参加了会议。晚上闲暇，倪根金教授和我便请苑老师喝茶，利用间隙他就写作及调研的一些关键事项提出了许多宝贵的建议。到了此时，我的"错误倾向"被及时纠正了。

毕竟尚未踏入隆安，能否写得出令人满意的内容心里依旧没底。进入7月，在倪根金教授、黄频英书记、朱嫦巧博士的大力支持下，第一次的隆安调研得以顺利开展。其间，我这个不合格的"领队"混乱的领导与组织，一度让田野调查经验丰富的朱博士感到崩溃。不过喝了她几杯咖啡后，大度的她很快"原谅"了我。大到调研如何分工、如何访谈，小到照片、视频、录音等调研素材如何整理，她传授的经验都让我受益匪浅。第一次的隆安之行，尽管收集了一些素材，但消化尚需时间。到此，整个研究工作也只能说是投石问路阶段，如何写作、如何组织内容框架，一切都有许多困难。总之，毕其功于一役，是不现实的。

2016年的下半年，苑老师一如既往地时常发邮件，提供了一些作者已经完成的、较为优秀的范本供我们参考。他还专门打了几次电话向我询问写作的进展，并详细地交代了一些注意事项。渐渐地，我的脑海中也构思出了写作思路，并完成了一个初步的写作提纲，也尝试着写了几个故事。进入2017年，经过了一年的沉淀和思考，再加上苑老师的不时"敲打"，我也自认为可以完成这项任务了。三月三期间，我精减了调研队伍，只带了3名同学，再次前往隆安调研。第二次来，感觉完全不同了，没有了当初的陌生感，与文体局领导、雷老师见面，已经是非常亲切，可以说无话不谈了。虽然天气不佳，调研却十分顺利，收获了很多有趣的素材。回到广州，我也感觉有了灵感，进入了写作状态，连同第一次调研的素材，不到一个月便完成了10个故事。考虑到内容尚不足完成这本书，之前故事的有些细节挖得也不够深，且四月八那桐农具节也不能不去，我便带了3个同学第三次赶赴隆安。这次调研，完全像走访老朋友了。文体局领导给予了完全的支持，"那文化"展示厅的一些展品，都毫不犹豫地拿出来给我拍照。此外，我们也在黄书记的帮助下，如愿住到了乡下。在收获新素材的同时，我也查漏补缺，时常向黄书记、雷老师抛出一堆问题。

有了3次调研素材的积累，本书的写作终于成为一个可以完成的任务。到了8月底，我如期提交了书稿的初稿给北京出版集团。之前就听闻，苑老师及北京出版集团对书稿质量要求比较高，已经有多位作者的写作风格被否定。北京出版集团的审稿工作还是比较高效的，9月上旬便反馈了意见，书稿算是基本通过，需做部分的修改，并需补充一些高质量的照片，我悬着的心也算是放下了。

写作不容易，修改更不容易。第二稿半个月的修改，几乎占用了我所有的业余时间。许多细节存在问题，我只能通过微信、QQ向黄书记（2017年8月，她已经从领导岗位退下来了）求助。黄书记认真地帮我校对了稿件，纠正了文中的一些错误，又热心地提供了很多素材，并动用人情"借"来了不少隆安摄影家的作品。和黄书记沟通，俨然成了每天工作的重要内容。第二稿提交后，北京出版集团多次联系我，陆续处理了引文校对、图片整理等事宜。因距离出版还有不少时日，我依然与隆安方面保持联系以获取一些新的素材（如娅怀洞考古发现的进展等），并对书稿内容多次加以修改补充。

2018年春节前夕，根据北京出版集团反馈给我的意见，我从大年初二开始了新一轮的校对修改。时常听一些教授如此讲："写文章急不得，写好了，放一放。"这句话是不错的，此次修改纠正了许多内容表述、语言表达等方面的问题。为了尽可能地减少本书的错误与疏漏，修改完毕后，我特别请文笔极好的曹丽霞女士帮忙校对了一遍，她非常专业地提供了许多修改意见。幸亏曹女士是我堂弟的夫人，要不然在春节期间找这样一位校稿人，恐怕不太容易。

完成了这本书，让我颇有成就感，它让我尝试了前所未有的写作方式，让我有了一段终生铭记的调研经历，而最为重要的是让我读懂了"那文化"之乡的人。我虽然仅去隆安县调研了3次，却一次比一次能够感受"那"乡人的热情。这里的人朴实厚道，做事勤勤恳恳，虽不善言辞，却待人热情，用黄书记的话说，就是"隆安人都老实"。虽然接触还不多，我却早已经将他们中的很多人视作朋友。

文体局的诸位领导，肯干事，能干事。这些年文体局做了大量具有前瞻性的有关隆安"那文化"的发掘、整理与研究工作。黄连芳书记，对调研工作给予了大量的帮助，几乎全程陪同，对我们有求必应。同时，她文笔极佳，书稿借用了她的不少笔墨。雷英章老师，隆安县地方历史文化的专家，著作颇丰，总是能做暖心的事情，无私地提供了他本人若干有关"那文化"的研究成果，并多次陪同，有时还要做司机。两位均为我们解答了无数的疑惑，若无他们的专业指导和帮助，顺利完成本书的写作根本不可想象。此外，黄涛副局长、张晓副主任、陆有作老师、邓大叔、阿勤、彭秀金阿姨、黄大姐以及若干不知名姓的领导、干部与乡亲，在我们调研期间都给予了热心的帮助。隆安"那"文化相关的记录与研究已有不少，拙作参考或引用了梁庭望、谢寿球、农宜陟、罗宾、覃德民、蔡小珍、陆毅佳、蒙礼良、梁朝将等多位作者的作品，恕未能一一列出。素未谋面的何宏生先生，无私地提供了许多与隆安相关的高质量相片，为拙作增色不少。感谢之余，我也借此机会向上述各位致以崇高的敬意！

华南农业大学人文与法学学院的聂瑞、何裕、黄琳玉、董芸芳、林舒婷等多位同学先后跟随我前往隆安，为我分担了很多工作。调研期间早出晚归是常态，她们非常辛苦，却从未有怨言。充满年轻活力的她们，让我们的考察少了一份枯燥，多了许多欢笑，同时也成就了许多的故事。她们的考察日记，有着年轻人独特的视角，为我的写作提供了很多灵感。在此也向她们表示诚挚的谢意！

此外，我也特别感谢北京出版集团的编辑们。若我有疑惑，她们总能第一时间热情地给予答复。也正是因为她们的督促和指导，拙作才得以顺利出版。

最后，也得感谢我的父母、妻子和两个孩子！为了完成书稿，不知有多少个工作日的夜晚及节假日我都是在办公室度过，这离不开他们的理解和支持。

本人水平有限，且对隆安的认知和理解依然不够，这也注定拙作距离将多姿多彩的"那文化"写尽、写透、写好还很远。尽管如此，我依然期望拙作能够抛砖引玉，让更多的专家学者关注隆安，研究"那文化"。

拙作谨献给可敬可爱的"那"乡人！

赵 飞

2019年11月6日于华南农业大学办公室